A^{t}V

THOMAS LEHR wurde 1957 in Speyer geboren. Er lebt in Berlin. Für seine Bücher erhielt er zahlreiche Literaturpreise, darunter den Rauriser Literaturpreis, den Förderpreis Literatur zum Kunstpreis Berlin, den Rheingau Literatur Preis und den Wolfgang-Koeppen-Preis der Hansestadt Greifswald.

Er veröffentlichte die Romane »Zweiwasser oder Die Bibliothek der Gnade« (1993, AtV 1443); »Die Erhörung« (1994, AtV 1638); »Nabokovs Katze« (1999, AtV 1741) und »42« (2005). Die Novelle »Frühling« (2001) wurde vom Förderkreis deutscher Schriftsteller in Rheinland/Pfalz zum »Buch des Jahres« gewählt.

Am Anfang der 39 Sekunden, die das Ende bedeuten, stehen Dunkelheit, Ungewißheit und Vergessen. Wo ist Christian Rauch angekommen? Was für eine merkwürdige Stadt umgibt ihn? In höchst eigentümlichen, verschwimmenden Bildern gleitet die Umgebung an ihm vorüber, Zeit und Raum scheinen aufgelöst. Eine Gestalt kommt ihm zu Hilfe, die ebenso verläßlich wie bedrohlich wirkt. Nach und nach, auf der Irrfahrt durch eine phantastische Stadtszenerie, steigen Erinnerungen auf: Wieder läuft Christian hinter Robert, dem großen Bruder, her, wie immer als sein kleinerer Schatten. Der See liegt hinter ihnen, die geangelten Fische zucken im Drahtkorb, die Kindersandalen knirschen im Kies. Vor ihnen in der Garteneinfahrt stehen drei Erwachsene, auf denen eine bedrückende Stille lastet. Die Mutter bleibt stumm, das Gesicht des Vaters ist erstarrt. An den Fremden darf man, soviel ist sicher, keineswegs das Wort richten.

Für die beiden Jungen ist es der letzte Abend ihrer Kindheit, der Tag, an dem sie aus ihrem behüteten Leben herausgerissen werden - Robert, weil er zu verstehen beginnt, Christian, weil er ahnt, was er nicht wissen will. Vierzig Jahre später noch treffen Christian diese Erinnerungen mit zerstörerischer Gewalt.

»Thomas Lehr hat eine eigene Form dafür gefunden, die Hölle zu beschreiben … Auf jedem Wort liegt die ungeheure Spannung des Ganzen. Hier ist Lehrs sprachliche Obsession nachgerade implodiert.« *Helmut Böttiger, Die Zeit*

»Eine ungewöhnliche, fesselnde Auseinandersetzung mit der Vergangenheit.« *Focus*

Thomas Lehr

Frühling

Novelle

Aufbau Taschenbuch Verlag

ISBN 3-7466-2184-4

1. Auflage 2005
Aufbau Taschenbuch Verlag GmbH, Berlin
© Aufbau-Verlag GmbH, Berlin 2001
Umschlaggestaltung und Foto gold, Fesel/Dieterich
Druck Oldenbourg Taschenbuch GmbH Plzeň
Printed in Czech Republic

www.aufbau-taschenbuch.de

Für Dorle

Ich sah ein Licht in Stromesform sich gießen
Und flüssigen Glanzes voll im Bette ziehn
Und dran den wunderbarsten Frühling sprießen.

Dante Alighieri
Die göttliche Komödie

I

Helfen Sie. Mir! Glauben Sie: Ich würde niemanden. Bitten, wenn mir nicht immer: der Bürgersteig: das Haus: hören Sie diese dunkle Straße sogar: diese Stadt. Selbst! Immer wieder. Entgleiten würde.

Es geht mir. Gut danke wenn Sie mich. Ein wenig unter den Achseln. Danke. Es geht mir: sehr gut! Dieses Schlingern braucht nicht aufzuhören. Auf diesem Gehweg der hier aussieht. Wie eine lebende Fisch: Seite. Meine Schuhsohlen auf den Schuppen. Stürze. Ich? Liegt es an Ihrem. Eisen. Klingen: Griff dass. Ich nicht. Zusammenstoße? Hören Sie: Ich kann hier sehr wenig. Sehen. Alles ist so.

Ich heiße hab. Ich. Vergessen. In der Dunkelheit: nachtblaue Vorhänge. Fenster hier und da. So sehe ich den Fisch unter meinen Füßen. Sie rutschen doch. Auch? Algenbäume. Sehr schöne Algenbäume hier links. Wir könnten unter. Wasser sein. Spüren Sie das: man schwebt so. Man kann. Sich Zeit lassen, immer etwas (mehr) Zeit (als man denkt) lassen mit dem nächsten Schritt. Unter Wasser. Unter Wein, könnte ich. Sagen. Haben Sie auch nichts. Getrunken? Sehen Sie auf meinen Schultern und dem Kopf. Einen Helm als ob ich nur. Visierschlitze hätte Schnitte zum. Licht.

Ich spüre Sie gar nicht. Schneiden Sie mir. Was. Natürlich ist hier: unter Luft. Was für eine Herrliche! Luft. Es geht mir aus: gezeichnet.

Angelika.

Sie helfen. Mir so sehr. Angeli. Ka. Gibt es hier einen. Fluss? Die Fischschuppentrottoire kommen aus dem Fluss. Diese Unterluft-Algenbäume. Duften: Nach Leder, Trauben, Akazien. Sehen Sie: diesen Platz. Ich meine wie können Sie mir helfen wenn Sie nichts. Sehen. Danke, gut. Sehr gut. Sie stützen mich enorm wir erreichen diesen Platz: den Rosen: Platz meines Lebens. Setzen wir uns, mein Freund, unter Wasser.

Was: für ein schöner Platz! Dieses Rondell, dieses elegante Schleifenmuster der Wege. Ein Kiosk. Straßen um uns her die Menschen: ich sehe jetzt. Schon einiges. Wie einen Film im. Regen auf der Leinwand: eines Wasserfalles oder in unserem nassen. Gehirn. Das hier ist. Glück.

: 38

Demnächst will ich. In alle Museen. Auf den alten Gemälden dort muss es Sie geben, mein Freund, groß. Und deutlich. Aber hier in diesem Brokat. Dunkel Pelzmanteldunkel Samtschattendunkel auf diesem Platz, mein Unhörbarer: Sehe ich zu nah als ob. Sie in. Mir wären und durch. Die Zweige der Algenbäume schimmern die Dunkellichter von: Läden: Bars: Restaurants. Was für ein angenehmer Platz hier mein. Unbekannter Freund, ich höre nicht und ist es deswegen so: frei hier? Es muss eine ganz neuartige Stadt sein voller: in Ruhe. Gelassen werden. Die Fische das. Wird mir wieder. Einfallen wenn Sie auch nichts hören wie. Verstehen wir uns dann? Angelika, das ist eine. Andere Stadt.

Trinken wir diese Luft auf diesem Platz: dieser Bank: die so weich unter unserem Rücken liegt wie eine Meeres: Welle. So treibt dieser glückliche Platz mit. Uns durch die Stille, mein Freund, wer. Sind Sie nur, Angelika, wer. Alles wird mir. Ein: Leuchten.

Können wir möchten auch Sie hier noch etwas. Sitzen bleiben, gegen die Wasserrückenwelle dieser Bank gelehnt so. Wunschlos. Den Kopf im Nacken wie unter einer schönen. Guillotine was sag ich nur. Sehen Sie die beiden Frauen. Hier auf dem Weg: durch den Park. Was für seltsame. Kostüme Netzstrümpfe und Felle. Und diese Hüte ich dachte immer so müssten die schönen Frauen sein behütet. Aber diese hier sind. Unten völlig: bloß.

Vielleicht habe ich mir die Stadt hier nur. Angetrunken durch ihre Wasserluft. Wie gut, dass Sie: da sind. Mein dunkler Freund, still wie ein Schnitt denn ich kann noch immer nicht sehr. Gut sehen und Hören. Alle ver: gehen hier zu Fuß. Bringen Sie mich zu einem Glücks: Arzt später – erst viel später. Noch sitzen wir endlich hier und mein Körper ist leicht. Wie neu oder. Flüssig.

Ist es ein Abend. Dunkel oder meine Augen sind trübe, mein Freund, sagen Sie weshalb kann ich nicht: das Gesicht zu: Ihrem Gesicht: drehen oder denke ich täte ich es: hätte ich keine. Augen mehr?

Wenn ich zu dir rede, Angelika, dann. Hat es mich fast: Gegeben.

Der herrliche weiße. Blitz, mein Freund, so. Bin ich hier. Hergekommen. Auf diesem Platz ist es wattestill. Ich war einmal. Sehr genau mit allem aber jetzt ist das hier wie völlig gut gegangen und ich brauche. Nichts: Luft:

Was ist das Ende. Der Stadt?

: 37

Ich kann dir erklären, Angelika, wenn ich mich sehr konzentriere: dies hier ist die unvorstellbar schönste. Verflüssigung.

Hören Sie, mein Freund, nie sah: ich: so einen Abend wie. Hier auf diesem Platz ich möchte nur. Atmen. Die Wasserwellenbank im Rücken. Diese Vögel in den Algen: Bäumen. Mir ist so weich. Zu Mute. Als könnte mir oder nichts: mehr geschehen. Werden wir: Glücksfische durch. Diese Stadt fächeln? Haben Sie einen Denk: Arzt? Denn man hat mich. Geblitzt. Jetzt bin ich. Lichtgewaschen bis durch die Knochen wie ein Röntgen: Bild so leicht. In den Schatten.

Hier verkaufen sie nichts. Oder?

Alles ist mir weggeflossen und das ist ein Hallelujah, mein Freund: durch die Schattenfarne gehen. Als ob: das Herz und das Gesicht: verflossene Fische. Sind die schönen Menschen dort lachen, Angelika, ich spüre dich durch die Stadt wie einen Blitznerv der neben mir könnte wissen wo. Sie habe ich. Gar nicht verdient, mein dunkler Freund, Ihre Geduld ist wie ein. Feuer: Brennen und Stechen ohne Ende – jetzt weiß ich, mein Vater war: Apostheniker! Ich meine: Arzt: Apotheker: Stheniker. An einem glücklicheren Tag war er gar. Nichts. Aber kein Tag ist wie diese Wunderstadt aus Plätzen und Straßen und Türmen und Wasserfällen und Kathedralen die in den großen Wiesen stehen. Immer klarer, Angelika, bin ich geblendet der aus mir herausgeschnellt ist so ungeheuerlich. Frei.

Bevor wir aufbrechen zu diesen: Erleichterten: hinter den Nachtfarnen, mein Freund: Sagen Sie: Wie schwebt man hier. Es ist mir nämlich so viel. Erbrochen.

Auf einem kleinen ovalen Platz inmitten der Stadt, Angelika. Sehr weit. Weggeworfen und wie ein leises Lachen ist jede Faser in mir die ich nicht spüren muss.

An meiner Seite der scheue dunkle Freund mit dem ich nun hinübergehe zu den Wundermenschen dort mit ihrem Duft und ihrem schimmernden Fleisch immer noch so leicht als wäre ein See in mir vollkommen glatt und. Ausgewogen. Wie an jenem Tag mein einziger: Tag vielleicht.

Mein Freund, haben Sie hier Ärzte wenn man: so froh aus dem: Blutschaum kommt. Wie ein unzerstörbarer. Vogel.

: 36

An Ihrer Seite gehe ich als betrunkener. Pfau langsam. Über den Platz entschuldigen Sie meine Stelz: Beine die knicken in den Knien nicht: sonderlich. Wie seltsam so ein eisernes Rondell ist doch sonst ein Pissoir aber hier treten vornehme Männer und Frauen heraus als würden sie: Sektgläser haltend zur. Welt kommen dieses. Schimmernde Nachtdunkel hier immer vor uns wie ein Luststurz geht man voran.

An jenem Tag es war Sommer und wir betrachteten den See der von einem anderen Planeten gelandet war so überirdisch: waagerecht.

Hier bin ich mir: ein großes Geschenk die erste Bescherung wie halten Sie dieses Dunkelglück aus, mein Freund? Keiner schläft hier denke ich oder sie legen sich voller Zutrauen auf die Straßen und Wege man glaubt auch: in Gürtelhöhe einfach. In die Luft (und dass draußen vor der Stadt Schlafende als. Riesige Türme: schweben). Ob ich mir nun einfalle ändert nichts: an der Bescherung. Mit dir, Angelika, sehe ich keinen Seetag du bist mir angewachsen in unsichtbaren Jahren nur nachts. Schüttelst du mich.

Auch mein Vater: steht auf einem anderen Blatt.

In diesem Geschäft, mein Freund. Sind keine Händler aber die Leute nehmen nichts je besser ich: denke um so blendender wird das Licht durch das ich hierherfiel. Es muss aber so gewesen sein: dass ich schon hier war, allein und mit einem Blitzschlag. Verabredet. Was wissen Sie, mein Freund, der mich stützt, ich weiß nicht. Wie. Mit Messerklingen. Fanden Sie mich auf diesem Platz Herz. Blutend und leicht? Mir ist keine Furcht mehr: gewachsen auch wenn ich wie jetzt durch die Leute gehe diese schönen Schwebeleute unter den Algenplatanen früher: schämte ich mich: um mein Leben. Ich muss gar nicht ausweichen auf dem Trottoir und hier nun vor dieser über: seeischen Nachtfassade so viele Farben im Firnis der Nacht gehe ich wie ein Tanzschritt in eine Bar zu den Menschen an den Tischen und am Tresen überall haben sie kein Hindernis mehr für mich oder es ist ein andauerndes. Willkommen ich bin so: lichtverändert dass es die Leute freut oder aber: Sie, mein dunkler Freund, haben die stärkste: aus. Strahlung.

Die Unterhaltenden. Reden hier nicht. Ich hätte

gerne ein: Erinnerungs: Getränk muss nicht. Sein danke.

Mein Glücksthema wenn wir so stehen und stumm reden wie unter Wasser in der Erde ist der Tag den ich als einzigen kenne. Verzeih, Angelika, du bist mein Atem ohne Bild.

Kennt Sie hier jeder, mein Freund? Denn alle: weichen ein klein wenig zurück und es ist auch als würden diese hier nicht herschauen wollen aber doch: Bescheid. Wissen. Mein Zuhören ist wie mein Reden: so schön. Schleierhaft. Sagen Sie: diese Theke zieht sich aber. Sehr lang aus es sind wohl Hunderte von Nachtfröhlichen da. Schwärmer die sich am Nichttrinken berauschen keiner schließlich braucht hier was oder nur ein Reden und Gläserhalten diese Flaschen und geschliffenen Flakons ganze Batterien sind mit leuchtenden Regenhimmeln oder Wolken gefüllt. Teuerste Liköre aus: schmutzigen Tränen, Angelika, verzeih dieses Glück.

: 35

Ich kann nur die Eintagsgeschichtenfliege erzählen die sich an der Klebrolle fängt wie ich rede! In einer solchen Bar. Mein Freund, da Sie nie etwas sagen vielleicht: sind Sie mehr eine Tat? Immer noch schäme ich mich. Nirgends und kein Schweiß bricht mir aus so dicht: in der Menge aber war ich einmal so bevor Sie: mich fanden an einer Straßenecke: hingeblitzt wie einen Feuer: Schatten. Erzählen hier nicht alle davon? War es eine Bombe? Ist dies hier ein herrliches: Lazarett? Schöne, schöne Menschen.

Einmal, Angelika, erzählte ich dir von dem Tag am See er fällt mir hier aber so sehr schwer wieder ein als hätte es ihn lange nicht gegeben und das war es auch: hören Sie, mein Freund: von einem solchen Spiegel: Bild aus Wasser die Waage zum Himmel und diese strahlend grünen. Fische wir dachten sie könnten durch die Spiegellinie fliegen ganz dicht unter den Wolken waren sie ja schon bei uns: kleinen Menschen.

Mein Freund, ich stehe hier so berauscht von: Erinnerung in einem Licht. Körper. Es werden noch mehr Tage wundervoll. Zurückkehren. Dann spreche ich mit jedem in dieser Bar und Stadt denn auch diese Sie wissen es sehen Sie, mein Freund, die Postkarte zwischen den Wolkentränenflaschen und auch dort dieser

MONITOR

: Ein See und ein Baum auf dem: zwei Kinder sitzen die Beine herabhängen lassen mit den nackten Fußsohlen auf dem Astschattenmuster der Wasserseide so: ganz: so vollkommen. Aufgehoben:

Meine Schönheit die ich hier habe, mein Freund: ich schimmere wie ohne Anstrengung war es schon immer: so? Haben sie sich hier alle ihren Glückstag.

Angetrunken? Und sehen ihn auf: MONITOREN? Diese unumkehrbar Entronnenen. Tausende denke ich fänden hier noch ihren Platz ohne Enge ohne Rückhalt. Zehntausende. Aber so denke ich nur wegen meinem Kopf. Schmerz – nein es ist wie: ausgeschüttet. Sein.

Hören Sie, mein Freund, wenn dies eine Reisestadt ist in der ich geboren bin oder werde dann kennen Sie mich aus: wendig. Später ins Hotel, Angelika. Gibt es ein Meer bei dieser Stadt. Hier nämlich sind alle wie am Ufer so feierlich angeschwemmt in Luft. Kleidern. Es ist: dass ich rede und rede mit dir, Angelika, und, mein Freund, mit Ihnen mit diesen Gästen aber auch so ruhig gleichzeitig obwohl doch mein Gehirn Zerrüttungen. Hat jeder erzählt hier seine Schönehautgeschichte: sie sind so wie sie einmal von sich reden lassen. Wollen. Frauen im gleißendstillen Glanz bei Männern wie dunklen Spiegelsäulen Edelsteinmänner ohne Stäubchen in grauen Billardtuchanzügen. Diese Haute. Voliere-Bar. Manche sind doch bloß was sagen Sie, mein Freund: schlecht Erinnerte? Andere widersprechen sich. Mit leicht flirrenden Gesichtern als wären sie fern. Gesehen. Ich sage Ihnen, mein Freund, mich wundert schon: was für Fernseher sie hier haben dieser MONITOR dort zum Beispiel zeigt etwas. Inneres.

Angelika, der Flughafen. Es waren Fernseher auch dort nur mit Zeiten und Orten und Nummern: Gate number ich möchte es immer lesen aber kann wohl nicht fest steht wir reisten ein folglich also: bist du. In dieser Stadt. Auch irgendwo.

: 34

Plötzlich ist es wie ein Ausbleiben einer Störung ohne die kleinsten Schwierigkeiten. Den Augenblick zu erfassen. Der sich ereignet mit furchtbarer Geschwindigkeit denke ich dass. Noch gar nichts entschieden ist und ich die Stadt benennen muss und. Den Weg und wenigstens einige letzte Schatten der:

Vergangenheit:

: Kon. Servation. Ver: vertauscht (Robert!)

Hören Sie es ist mir nicht völlig klar wer dieser dunkle Mensch an meiner linken Seite ist er erscheint mir wie angewachsen wie ein noch nie gekannter bester Freund ja diese Stadt entzückt mich so weit ich sie sehen konnte in ihrer wohl nie endenden Staffelung ich erkannte wie ich mich nun allmählich entsinne einige der gewaltigen Statuen am Bahnhof noch nie erblickte ich Marmormenschen dieser Größe unvorstellbare Goliaths Herkulesse Atlasse Künder-Heroen einer ewigen Stadt voller Leichtigkeit und Säulen die zu umfassen es einen Ringelreihen von fünf erwachsenen Männern bedürfte trinkt man in dieser Bar nie etwas aber ich brauche auch nicht das Geringste so unglaublich erfüllt mit Vogelflugkraft ist mein Gehirn meine Lunge mein blitzheller Kopf die Anreise sagen viele sei das Schlimmste da man nicht einmal zu hoffen wagt dass man es eines Tages bei aller Vorbereitung schafft obwohl es immer wieder so vielen geglückt ist wenn Sie mich fragen gibt es tausenderlei Wege die man fortwährend erneuert hat prinzipiell natürlich kommt man durch Feuer Wasser Erde Luft das ist gleich geblieben aber bedenken Sie welche Atombrände Tiefseekälten betonierte Kellerverliese bald kommt man von außerhalb der Erde auf dem Weg hierher um natürlich war es bei uns nur das Flugzeug und die übliche kurze Zugfahrt an der Seite der Frau und während wir hier so schönreden finde ich endlich Neuland entgegen dem Uhrzeigersinn kann wieder den Flughafen sehen die Rollbahnen die Glasschächte der Terminals silberne Treppenstufen blutrot und smaragdgrün leuchtende Liniennetze über die Erde gespannt und die schwarzen Tafeln auf denen Orte und Zeiten verschüttet werden in Welt-Stürzen mit verspäteten und ausgelöschten und wiedergeborenen Städten wie bei einem Kartenspiel schrecklicher und fruchtbarer Götter ich hätte so rasch wie dieses Zerfallen reisen mögen aber die Frau und ich wollten gar nicht die weißen Lettern sondern etwas Bestimmtes und Beständiges im Sog wie die magnetschwarze Tafel selbst wir standen ohne Koffer befreit wie Trapezartisten vor den Shops mit Gold Uhren Düften Wein mit hängenden Armen ohne jedes (traurige) Verlangen klar und gelöst wohl bis zu dem Augenblick in dem ich die Frau ansah und gegen jede Verabredung dachte sie dürfe mich doch nicht begleiten, Angelika, es war eine starke Empfindung wie zu Anfang ich dachte dieses Gesicht und blonde Haar ist nicht zu müde für Gold Uhren Düfte diese aufrechte weibliche Gestalt diese hübsche aufgeworfene Nase was zählt schon dieser immer wieder in winzige Plättchen zerspringende oder erodierende Lippenstift Nagellack wie gut, mein Freund, sind die Gespräche in dieser Bar die mich zurückführen hinter das Blitzlichtmal meiner Erinnerung dieses enorme Weiß durch das hindurch ich wenn auch noch wie zu Teilen gelöscht den Flughafen und die Frau an meiner Seite erblicke eine einmal schöne Frau beinahe so wie die Menschen hier die mich so froh zum Sprechen bringen die Glücksfolterknechte wie komme ich auf solche Worte sehen Sie selbst in diesem Gedränge voller Wunschmenschen und Wunderkandidaten gibt es für den Kopf Probleme etwa die Schatten dort an der Treppe oder was in den Fernsehern kommt die in Laternenabständen in dieser großen Bar flimmern:

(: servationsversation Robert du willst mich: ärgern weil. Ich kleiner. Und schlechter: in den Worten. Bin.)

MONITOR

: das Bild ist verschwommen und zittrig. Ein Lichtquadrat im rechten oberen Viertel wird von einem
Schemen verdunkelt, der kegelartige Gestalt hat, aber
auch astähnliche Ausläufer oder Fortsetzungen auf-
weist. Eine weiße Fläche schließt sich links an das
helle Quadrat an. Sie ist größer und bildet rechts un-
terhalb des Quadrats einen Rahmen oder Sockel, den
wiederum der Schemen zerteilt. So wie ein orangefarbenes Areal, an einen aufsteigenden Kinderdrachen
erinnernd, schief in der linken oberen Bildhälfte
hängt, scheinen alle Linien des Raums von der Verti-
kalen und auch von der Horizontalen gering abzuwei-
chen. Die zu spitzen oder zu stumpfen Winkel der
Begrenzungslinien – eines Möbelstücks, einer Mauer,
eines Rahmens – lösen eine vage geometrischen Unruhe aus, beinahe wie durcheinandergeworfende Mi-
kadostäbe, obgleich es sich hier nur um geringe Ab-
weichungen handelt. Nach einer kurzen Zeit des Be-
trachtens beginnt man noch eine andere, tiefere
Ursache der Unruhe zu vermuten. Man entdeckt nun
die fortwährende Bewegung des gesamten Bildes.
Offenbar ist es Teil eines Films, eines millimeter-
weise, in solch einer extremen Zeitlupe ablaufenden
Films, dass es (zunächst) schwer fällt oder ganz
unmöglich ist zu sagen, ob es sich wirklich um ein

Abspulen in der vorgegebenen Richtung der Zeit handelt oder nur um eine Art von Oszillation, ein hoffnungsloses Hin- und Herruckeln eines einzigen Motivs. Jeden Augenblick könnte alles anders werden. So zerstört diese Bewegung die Gegenwart:

In Laternenabständen in Kopfhöhe Dutzende Monitore die Körper der schönen Gäste mit dem gleichen Flackerlicht übergießend diese eintönige Szene ein gefangener Film oder ein in eine freilich nur sehr kurz bemessene Zeit entlaufenes: Gemälde es erschreckt mich, mein Freund, es wundert mich dass hier in dieser Bar der Glücklichen: etwas Derartiges gezeigt wird als: wollte man: etwas untersuchen als: sollten alle das Gleiche. Sezieren.

: 32

Gehen wir hinaus! Für einen kleinen Schrecken gibt es gleich Trost an der Ausgangstür: Nachtseide, Schilf, Silber, Zikadentöne, tausendfaches Halmgeraschel, kein Weg unter den Füßen, nie, mein Freund, sah ich eine solche Wiese inmitten einer Stadt, bis in Kinn- und Augenhöhe reichend, ein lichtüberfunkeltes Wiegenetz von Grasspitzen, ein samtener flüsternder Dschungel, ausgespannt zwischen den Häusern, direkt an die Mauersteine und leuchtenden

Schaufenster flutend. Unter den Fußsohlen: den frischen Rohrteppich niedergedrückter Halme. An den Beinen, Armen, Hüften, über der nackten Brust: sanfteste Geißelung. Unser Hindurchgehen ist: ein Gleiten, ein Schwimmen fast, ein knisterndes Untergehen: ich kann nicht mehr über die in der Nacht wogenden Spitzen, Spelten, Rispen, Ähren: die pelzige Oberfläche des Gräsermeeres hinwegsehen und bin ganz in: einem bewegten Gitter von Schilf- oder Binsenrohren: nackt plötzlich. Wie die anderen. Man hört viele Stimmen und spürt: die Strömungen, die Gehende verursachen, überall, hinter den bewegten, duftenden Vorhängen dieser urweltlichen Gräser. Wenn ich: dich hier träfe, Angelika, begänne alles noch einmal: nachtsilberhäutig und traumwandlerisch sicher wie: diese jungen Frauen, die jetzt gerade: an mir vorbeigehen: hintereinander, so nah, dass mich eine mit ihren kühlen Brustspitzen stößt, als grüße man sich hier auf diese Weise. Wenn wir hier liegen bleiben könnten wie: jenes Paar: umschlungen ohne Gier so feierlich wie: auf einem Grabmal. Oder lägest du wie manche: auf dem Rücken mit ausgebreiteten Armen und von sich gestreckten Beinen: eingelassen in das Futteral der hohen Gräser: hinaufsehend in einen sternleeren Himmelsabgrund. Stell dir den größten Platz in der größten Stadt vor (oder in der größten Stadt die du kennst oder der größten Stadt in die du immer reisen wolltest): in der Nacht ist

Gras gewachsen und über die Köpfe gestiegen, und du stehst (nackt) am Rand dieser dunklen Wiese, in der Tausende von anderen Nackten sich bewegen: lässt du dich: treiben? Ich: überlege gar nicht. Ich: bin ohne Scham ohne Angst ohne die winzigste Möglichkeit von: Schmerz. Das Rauschen umschließt mich. Die Stimmen der anderen: Rufe Gelächter Flüstern. Wenn ich schneller und schneller gehe, kommen immer mehr: Silberhäutige auf und Rauschwandelnde zwischen den Halmen. Schlanke Männer mit schulterlangem Haar. Spitzbrüstige Frauen. Schlanke Männer. Schlanke spitzbrüstige Frauen. Ihr sicheres Gehen und Schlafen und Liegen in der Flut der Gräser. Die perfekten Bögen ihrer Schultern. Das Quecksilber ihrer Leisten. Nester ihrer Scham. Dachte ich nicht einmal: dass alle so sein müssten. Dass wir wie diese Halme und Gräser ein einziger zehntausendfacher Körper sein müssten, ein Gegenkörper zu diesen Gräsern: dem dunklen Streifenwasser zwischen dem einzigen herrlichen Silberblitz unseres Schwarms: erneut: wie Fische, aber nur wegen dieser Empfindung von Flut und der Metallfarbe unserer Haut, während doch der zarte Menschengeruch uns umgibt und der Duft von Farnen und Zedern. Der Anblick jedes Mannes: freut mich wie eine Spiegelung (ein liebster: Bruder). Jede Frau ist zum Weinen: vollkommen, Angelika, so fürchterlich: vollkommen. Wir berühren uns: im Gehen:

zwischen den Gräsern. Wir streifen uns. Weshalb sind wir: hierher gekommen. Ich entsinne mich: schwach. An diesen tausendfachen Mann, der mit mir treibt und mir begegnet im Arm dieser Frauen in meinem Kopf. Ist. Ein Zucken als käme so: diese: Vervielfachung. Wären Sie jetzt da, mein dunkler Freund. Sagte ich Ihnen. Oder fragte ich mich: wie Sie da sein könnten als durch das Gras gehender Jesus-Mann ohne Kreuz. Und Scham-Tuch. Oder im sirrenden Geflecht von Schilfhalmen: eine Dunkelhaarige, die sich selbst in nächtlichen Gräsern: begegnet. Als wäre die Nacht zwischen den Halmen Spiegelluft oder weicher Kopierkristall. Manche sind so verzückt, dass sie: sich: anfallen. Zuckende Silberkuppen. Kleine Blitze zwischen den dunklen Walzen meines: Gehirns. Als Sie mich fanden, mein Freund: War auch ich aus einem Blitz hervorgegangen. Ein: Verwandelter wie diese. Deshalb sind sie hier doch nicht: Eine Nachtkoralle: Ein Ameisenvolk: Ein Amöbengebilde. Nur manche: lassen sich zu Boden fallen. Nur manche: gehen Hand in Hand. Nur manche: stehen fassungslos. Wir können unterschiedlich gehen, anders reden, die Haltung ändern, was einer redet und eine sagt, wird sie unterscheiden wie einen Wundertänzer von dem anderen, Angelika: diese Wiese träume ich, weil mein dunkler Begleiter fehlt, diese Wiese ist der Nachttraumhimmel: über einer Straße voll hässlicher Unterschiede Mülltonnen Supermarktparkplatz ramponierte Autos Fahrräder Kinder müde Frauen Händler wenn einer jetzt die Augen schließt dort unten in der Sonne ist er hier, Angelika, jetzt.

: 31

Vor den alten Gemälden eines hieß Jungbrunnen, Angelika, standen wir vor langer Zeit wie hier in diesem Museum, mein dunkler Freund, es ist gut Sie wieder im Nacken und Rücken zu haben. Die zahllosen Gestalten sagtest du erschreckten dich sie seien Maskenkörper (wie in jener hohen Wiese) nicht wie wir jetzt hier und heute aber ich glaubte immer man könnte die Unterschiede zum Verschwinden bringen. Ich habe nur innere Erinnerungen an dich, Angelika, Gefühle ohne Bild weil du so nah bist womöglich wenn ich hinauslaufe über diese Museumstreppe könnte ich schon mit dir zusammenstoßen oder wir treffen uns wie Fremde vor diesen Kunstwerken:

SAAL 1 GEBURTEN: Würde ich dir hier begegnen im Halbdunkel zwischen diesen freudigen Blutstürzen hättest du diese hübsche aufgeworfene Nase dieses aschblonde Haar diese fast noch elegante Figur leicht schief im lavafarbenen Reisekleid nur auf der Fahrt hierher kann ich dich so gut sehen aber nicht bis zu dem Blitzschlag aus dem Sie mich herauszogen, mein guter Freund, in das Blattgold und Umbra dieses Glücksabends wie die Säuglinge hier auf den kostbaren Gemälden. Es sind herrliche Besucher in den Hallen auch wenn es kaum eine Beleuchtung gibt schimmern ihre Gesichter auf die feierlichste Art vor den Leinwänden und Skulpturen:

SAAL 2 GEBURTEN: Es ändert sich nichts an den Anfängen deshalb ist die Menge in den Sälen so durcheinander gekleidet wie bei einem Kostümfest oder einer Betrachtung aller Zeiten von allen Zeiten ohne Ton ohne Worte vielmehr denn ich höre sie auf dem Marmor gehen schweigend und tief beeindruckt als suchten sie sich selbst an den Wänden. Eher noch, Angelika, wird mir meine Geburt einfallen als etwas aus unserem Leben außer dem Flughafen dem Zug dem Blitzschlag in dem ich verschwand. Aber ich muss etwas gewesen sein zumindest dieses glückliche Kind an einem See auf einem Ast über dem Wasser – Robert! Es ist mein Bruder Robert, Angelika, neben dem ich auf diese Art über dem Himmel auf der Oberfläche des ruhigen Wassers sitze an einem großen Sommertag voll leichtsinniger Magie mit Stichlingen und Zandern die smaragdgrün und silbern durch die Luft segeln. Auf dem Wasserspiegel werden unsere Gesichter und Grimassen zu Schattenköpfen mit abstehenden Ohren durchzogen von feinen Angelschnüren wenn man fragst du, Robert, uns angelt was ist dann die Luft unserer Luft?

SAAL 3 GEBURTEN: Der Blick wandert über die gespannte rosafarbene Mandorla jenes senkrecht stehende Sehen zur Welt bringende Auge zwischen den nassen Schenkeln dessen hervorquellende Pupille der blinde Babykopf bildet. Zu Zöpfen gedrehte Klinikbettwäsche wurde als Rahmenleiste für das Kunstwerk verwendet. An der Unterseite ist vom Künstler selbst oder der eigenwilligen Direktion der Ausstellung ein MONITOR angefügt. Dem Geborenwerden auf der Leinwand folgt die äußerst verschwommene Wiedergabe eines Raumes oder Zimmers auf den Bildpunkten der Mattscheibe. Anscheinend hebt dort eine Gestalt die vor einem großen Fenster steht einen Arm und ein orangefarbenes leuchtendes Viereck tanzt oder flattert im oberen Bereich der entgegengesetzten linken Hälfte:

Pipette! Man könnte auch mit Pipetten zeugen sich durch Zellteilung mehren oder kommt jetzt SAAL 4 KLONEN? Während ich vom Blick auf den Monitor geblendet voranstürze in den

SAAL 4 GEBURTEN: kann ich die Tränen nicht mehr zurückhalten und die Zuckungen meiner Schultern und Arme so dass ich mich gegen eine Säule stützen muss. Nach einigen Minuten hemmungslosen Weinens an der Säule erinnere ich mich wieder daran was für eine glückliche Stadt dies hier doch ist und öffne weit die Augen zuerst sehe ich auf die Innenfläche meiner Hände die meine Tränen gefangen haben müssen. Meine Tränen sind groß wie: Bienen. Aber es sind keine Bienen sondern kleine nackte Menschen die ich ausgeweint und in meine Hände geschüttet habe. Dutzende davon oder Hunderte wimmeln und wirbeln zwischen meinen Fingern die es aber schon gar nicht mehr gibt wie meine Hände meine Arme meine Brust meinen Kopf: Ich bin nur noch ein Bienenmensch eine Gestalt aus Zehntausenden bienengroßer Gestalten und mit dieser Erkenntnis wanke ich als ein am ganzen Körper von einem wütenden Schwarm Befallener ein Menschen: Berg und kann nicht mehr den geringsten Halt haben so dass ich sinke unförmig werde mich ausgieße in grandioser Fruchtbarkeit und verschütte als wirbelnde Masse auf dem weißen Marmorboden der bereits zu

SAAL 5 EMPFANG: gehört. All diese winzigen Menschen, mein Freund, wollte ich sie retten indem ich sie gebar.

: 30

Die Träume, mein Freund, sind hierzulande von mitreißender Gewalt. Beruhigend ist nur, dass man dort wieder erwacht, wo man glaubte, sich ganz verloren zu haben: auf dem kühlen Fußboden dieses strahlend weißen ovalen Saales, in den ich zerfallend taumelte, es gibt an den geschwungenen Wänden keine Bilder mehr, es gibt auch keine Decke, sondern unendlich viel mehr: das Weltall: einen Nachthimmel, überspannt von einer Milchstraßenschärpe, Hunderttausenden von Eisnadeln, die in den Samt des Vakuums gestochen sind, wie man es nachts auf der Erde im Süden erleben kann, jedoch nicht auf diese Weise, denn der ovale Ausschnitt wechselt oder wandert vielmehr, wie durch das Okular eines Fernglases gesehen, aber der gesamte Saal ist das Okular und bewegt sich mit der eleganten Trägheit einer Raumfähre, auf deren Kommandobrücke ich mich befinde, mit dem Rücken auf dem Boden liegend, unbefestigt, und es gibt kein Panzerglas vor der großen Luke – EMPFANG: ja, sie haben wirkliche Attraktionen in diesem Museum! –, es zeigt sich aber, nun, wo mich die Angst erfüllt, dass sich mein Rücken vom weißen Marmorboden löst und ich in die Schwärze hinaustreibe wie ein Embryo oder ein Astronaut, nun also erweist sich: eine neue wundersame geometrische Eigenart meines Körpers, die Drehbarkeit nämlich um die zentrale Längsachse, die In-Sich-Spiegelung, die Verdopplung der Vorderseite bei Ersetzung der unsichtbaren Rückseite. Von innen betrachtet ist es, als würde sich der Kern des Körpers, alles, was unmittelbar unter der Haut liegt, eben in dieser Haut drehen können wie in einem Mantel oder engen Schlafsack – um nach dieser Drehung, einer Drehung allein um 180 Grad, schon wieder bei sich zu sein, um 180 Grad zu früh also finden die inneren Augen die Schlitze der Gesichtshaut, die sie benötigen, die inneren Hände die korrekt orientierten langstulpigen Hauthandschuhe, die Ausprägungen der Haut für die Brustmuskeln und so fort. Die längs durch meinen Körper schneidende, weiße, womöglich papierdünne Marmorlinie ist die Fläche, an der sich die Außenseite meiner Vorderseite spiegelt, und leicht wie eine Spielzeugfigur kann sich der rohe, blutige, innere Mensch in mir in die jeweils andere Sicht drehen: zum Blick vom Saalboden empor in den funkelnden Mahlstrom des Alls: zu einem fast ebenso ungeheuerlichen Blick von oben herab, wie an den Himmel genagelt und nicht abwärtsfallend auf eine Stadt am Ufer eines Flusses.

: 29

Ich sehe lieber auf diese Stadt hinunter als auf das kalte Feuerwerk von Millarden Sonnen. Dass eine kleine Regung, ein Gedanke schon, genügt, um mich auf die andere Seite: zu spiegeln: mag lehrreich sein (für ein Museum): zerstört jede Hoffnung, aber auch jede: Angst. In Ihrer Stadt, mein dunkler Freund, bin ich ein Himmelsartist ohne Anhang: ein unbescholtener Astronaut. Da unten jedoch, in dem Relief nachlässig sortierter Dächer und gewundener Asphaltbänder könnte ich: etwas verbrochen haben. Bringt mich: mein Sinkflug: zu der Straßenecke zurück, an der Sie mich fanden (in einem Lichtsturm wie ein dahinfegendes Blatt)? Etwas muss man ja: Sein. Auf der gewaltigen anderen Seite, im Sternen-Vakuum, selbst dort bin ich noch ein zitternder: Puls. Die Möwe, der gesichtslose Vogel (einer wie der andere), als der ich über den Dächern schwebe – freilich so schnell, so übergangslos, dass man sagen müsste, ich sei ein fliegender: Gedanke –, ist von der Lust erfüllt, nicht zu den Leuten zu gehören. Unter ihren Schwingen liegen die Vorgärten wie Blumenschalen, die Autos wie schmutzige Perlenketten, die Bahngleise als verrostete Reißverschlüsse im Filz und Samt vorstädtischer Industrie: etwas aber: wird man werden müssen. (Etwas: muss ich gewesen sein, mein Freund, als Sie mir vom Boden halfen und mich in jenen wunderbaren glücklichen Park führten.) In eines der Häuser: hineingeboren zu werden, ist die Furcht. Direkt, augenblicklich, vollendet, ohne eine Aussicht auf Rückkehr, aus der: Vagina der Luft. Der Fluch des Orts, an den man sich immer wird erinnern müssen: jenes steril wirkende zweistöckige Haus; jene Erdgeschosswohnung in der blutroten Mietsbaracke; auch jener gelbe Bungalow mit Swimming-Pool und Glassplittern auf der Umfriedungsmauer wäre möglich oder die Mansarde neben meinem großen traurigen Hund und den Bierflaschen meiner tätowierten Eltern; vielleicht sogar jenes glänzende Parkett und die Regale mit feierlichen schweren Büchern, in deren Rücken goldene Schriften gestickt sind, über die meine einstigen Weihbischofsfinger gleiten in der Sekunde, in der mir der Todesengel das Herz zerdrückt wie eine Nuss; die Ecke mit dem Zeitungsladen könnte ebenso gut zu mir gehören, mit der Bank und der Bushaltestelle, die sich in fünf Jahrzehnten nicht zu ändern scheint: Etwas gewesen sein müssen, um jetzt, auf der anderen Seite, winselnd vor Einsamkeit, in das kosmische Vakuum starren zu können. Ich war keine Frau. Ich bin nicht als Kind in dieser Museumsstadt hier verloren gegangen. Als was, mein Freund, fanden Sie mich? Flug über: Vorstadtgaragen. Flug in: den aufgerissenen schwarzen Rachen der Zeit. Gibt es nichts für uns zwischen dem Erfrieren im Weltall und einer Komparsenrolle in einem schlechten Film auf einem schönen blauen schrecklichen Planeten? Haben Sie keine tröstliche: Wissenschaft für mich, mein Freund? (Schwach in meiner Erinnerung: Sortierkästen, lateinische Vokabeln, Mikroskope, Bunsenbrenner, Reagenzgläser, Stecknadeln in Insektenkörpern. Deine weiße Hand umschließt mein Genick (Angelika?).)

Es ist dieser eine Tag. Ein Sommertag. Man gibt mir wieder diese Erinnerung unter meinen Möwenaugen und Astronautenfüßen. Am Rand der Stadt, zum Fluss hin, jedoch abzweigend, über einen Hügel und durch ein Gehölz läuft ein Weg zu einem von Kiefern umrahmten See. Die beiden Jungen haben ihre Angelausrüstung für den Nachhauseweg verstaut und schieben ihre Fahrräder, bis der Weg weniger sandig ist. Auf den Gepäckträger des älteren, 14-jährigen Jungen ist ein feinmaschiger Drahtkorb geschnallt, in dem zwei Fische wie hinter einem Schleier einen intimen verzweifelten Tanz aufführen, sobald sich das Rad in Bewegung setzt. Der jüngere, 11-jährige Junge hält sich auf seinem blauen Rad dicht hinter dem roten seines Bruders. Ich muss immer auf die Fische sehen, Robert, die beide von dir gefangen und in den Korb gesteckt wurden. Der Stolz, sie geangelt zu haben, beim Fang dabei gewesen zu sein, mischt sich mit unklaren schmerzlichen Gefühlen. Es scheint mir, dass die beiden Fische Brüder sein könnten wie wir, obwohl es sich, wie ich weiß, um einen Zander und um einen Kaulbarsch handelt. Die Schuppenrüstungen ihrer kühlen metallischen Leiber geben ihnen im Tod noch etwas Unversehrtes, und als sie unter deinen Kinderhänden, Robert, plötzlich aufhörten, zu zucken und sich zu winden, schien es, als würden

sie das nur aus höherer Einsicht tun, denn im regungslosen Zustand sahen sie viel würdiger, feier-
licher und ritterhafter aus. Außerordentlich verletz-
lich dagegen wirken deine Kniekehlen, die im Takt der
Pedale aufschimmern, dein schmales Genick, in das
sich der Entenzipfel des dichten glänzenden Haars
hinabzieht. Natürlich bemerke ich das erst jetzt aus
der Luftsicht der Erinnerung, als Astronaut meiner
grandiosen, dunklen, ekstatischen Zukunft, schwebend über diesem einzigen Gedächtnistag, diesem Tag
unserer Kindheit, Robert, in der ich immer nur hinter
dir herfuhr, hinter dir herlief, auf deine Einfälle, Strei-
che, Erklärungen wartete, vollkommen zufrieden damit, dein kleinerer Schatten, dein kleines Publikum
zu sein.

Die sonnenlichthelle Glaskugel dieses Augusttages
rollt durch die Nacht meiner Erinnerung, klar in jedem Detail. Einige Fischschuppen noch auf deinen
geröteten Kinderhänden, Robert. Das Klappern der
Schutzbleche, als wir über die Schwelle der Garteneinfahrt rollen. Wir halten an. Eine Spur von Fahrrad-
kettenöl auf deiner linken Wade. Die Spitzen unserer
Angelgerten, die in den Himmel über die Glasscher-
ben der Umfriedungsmauer und die Wipfel der Edel-
tannen zielen: Funkantennen für die überirdischen
Aufzeichnungssysteme einer gnadenlos verstehenden
Zukunft. Unter unseren Reifen und Kindersandalen
knirscht der Kies (es ist, wie du mir erklärt hast,

Robert, die Härte der Steine, die das Geräusch hervorruft, Steine und nichts als Steine, Steine).

Der schwere Wagen unseres Vaters versperrt die Weiterfahrt zur Garage. Ich kann das Erschreckende und Bedrohliche der Situation an der Stille erkennen, die auf den drei Erwachsenen im Vorgarten unseres gelb gestrichenen bungalowähnlichen Hauses lastet. Jemand müsste etwas sagen: unsere Mutter, die unruhig, mit zusammengepressten Lippen in der Eingangstür steht; der Vater, von dem ich nur eine Schulter sehe, einen Arm und eine Hand, die sich krampfhaft um den elegant ins Blech eingesenkten Griff der vorderen Wagentür schließt. Du, Robert, auf dessen Erklärung ich heute noch, immer noch warte, kannst mehr aus der Stille lesen als dein kleiner schattenhafter Bruder. Keiner sagt etwas, aber ihr habt euch schon darauf verständigt, daß man an den Fremden, der zwischen dir und unserem Vater steht, keinesfalls das Wort richten darf. Nur die Übereinkunft, ihn nicht zu erwähnen, ihn nicht zu berühren, ihn nicht abzuwehren, sondern so zu umgehen, als gäbe es ihn nicht und als hätte man sich nur spontan zu einer kleinen Wegänderung vor seinem Standort entschlossen, scheint der stummen Macht, die er besitzt, Einhalt zu gebieten.

Ich denke, ich bin der einzige mit dem Recht, nichts zu begreifen, und schiebe mein Fahrrad neben deines, Robert, um mehr von unserem Vater und diesem ihm gegenüberstehenden Mann sehen zu können. Aber noch, Robert, hast du nicht viel mehr begriffen als ich, noch spürst und empfindest du nur genauer. Das Erschrecken, die Furcht im Gesicht unseres Vaters muss grenzenlos gewesen sein, am Sommertag dieser Begegnung, dieses Wiedererscheinens. So wurdest du mit-gelähmt, mit-gebannt, bliebst wortlos stehen, Robert, während ich an dir vorüberging, das Fahrrad über den Rasen schob. Immerhin begriff auch ich so viel, dass ich es nicht wagte, neben den beiden Männern anzuhalten. Sie standen so nah beisammen, als wollten sie tanzen, und was mich gleichermaßen erschreckte wie beruhigte, war, wie ähnlich sie sich sahen: kahlköpfige, bebrillte, hagere Männer mit harten Gesichtszügen. Sie hätten Brüder sein können, Robert, wie wir oder wie die toten Fische im Kescher auf deinem Gepäckträger. Der Fremde der jüngere wie ich. Die Spannung zwischen den Männern. Zwischen den Männern und unserer Mutter.

Es ist: etwas vollkommen Neues. An diesem Sommertag: in uns eingedrungen. In jede Pore wie ein unsichtbares und doch schwarzes, zähes, fürchterliches: Gift, Robert, auch du hast es nicht verstanden. Das konntest du noch nicht. Obwohl du stehen geblieben bist. Und ich an den Männern vorbei: ging. Wie von einem Magneten über den Kies gezogen. Es ist etwas im: Blick unseres Vaters: Ein Wissen, Robert, ein Wissen, das: uns treffen wird wie ein Blitz.

Im Weltall zu erwachen in die Schwärze hinauszutreiben ohne Rückhalt nur das eigene Keuchen zu hören im verspiegelten Helm und den Taucherschläuchen des Skaphanders: kann auch ein Glück sein zum Beispiel wenn man es von jenem sommerlichen Vorgarten aus betrachtet in dem zwei Männer und zwei Jungen auf Zehntausenden von knirschenden Kieseln stehen während die letzten Wassertropfen auf den Schuppen der Fische verdunsten oder über ihren silbernen Tannenzapfenrücken hinab nach vorn in ihre griesgrämigen Mäuler rinnen:

Die Stadt über der ich schwebte um dann in meinem 11-jährigen Körper jämmerlich zu verenden gibt es nicht mehr. Das Vermögen mich in mir selbst zu drehen ist verschwunden und ich liege auch nicht am Boden des weißen Museumssaals der nun ein aquamarinblaues schimmerndes Glasdach besitzt sondern verlasse den EMPFANG um die weiteren zahllosen zutiefst verschachtelten Räume und Raumkatarakte des Museums zu besichtigen zu denen ein schummrig beleuchteter mit dicken feuchten Teppichen ausgelegter Gang führt. Ich habe eine Mittagsstunde meiner Erinnerung wiedergewonnen eine Zeitkristallkugel die sich wie eine leuchtende Murmel vor meinen Händen bewegt: meine Hände wandern über den Boden: erst jetzt bemerke ich dass ich auf allen vieren die Aufwärtsneigung des Ganges überwinde. Mit den nackten Knien und Fingern im Teppich versinkend kann ich mir immerhin sagen: dass ich einen Vater hatte eine Mutter dich, Robert, meinen Bruder. Das zu wissen während ich vorankrieche ist ein Trost und doch auch die: Preisgabe: meines ganzen Körpers als Möglichkeit: der Wunde.

Es ist gut, mein Freund, dass Sie jetzt wieder bei mir sind an meiner Seite hören Sie ich habe nur selten daran geglaubt dass das Weltall etwas bedeutet dass es existiert wie wir existieren schon die Bergfelsen und das Meer das ich liebe haben eine erbarmungslose Sprache: deshalb sah ich vor allem hinab auf den Waldsee die beiden Jungen und den Garten an jenem Sommertag aber jetzt schon denke ich sehnsüchtig zurück: an den Anfang unserer Begegnung an jenen Park im Streunerlicht des Frühabends einer unbekannten Stadt. Die Euphorie ist doch das Hinausstürzen: aus unserem Leben aber noch in eine Gestalt: in unseren gläsernen unverletzlichen vollkommen artistischen Körper.

Nun, mein Freund an meiner Seite (aufrecht wie der Herr eines Hundes), wo die Vergangenheit die ich begehrte sich zu erschließen beginnt wächst der Schmerz eines grellen Lichts wieder die Blendung die ich gewesen bin als Sie mich fanden oder auch schon: immer zuvor. Der Teppichboden in diesen Gängen hier ist wie die flaumige Oberfläche eines: Organs, mein Freund, dass es heller und heller wird steht dazu seltsam im Gegensatz aber was heißt seltsam? In keinem Körper (eines Lebewesens) ist es so hell mein Freund wie schön dass ich noch im Vorankriechen auf allen vieren einige wundervolle Exponate dieses Museums bestaunen kann und wo nicht die Exponate selbst so doch Teile davon in ihren opalartig leuchtenden Vitrinen oder wenigstens die goldenen Vignetten mit den Bezeichnungen: Penis des Napoleon Bonaparte ... Rechte Hand von William Shakespeare ... Brüste der Cleopatra ... Gehirn Leonardo da Vincis ... Füße der Zehn Gerechten ... Erneut, mein Freund, spüre ich die Schattenmenschen. Wie schon in jener Bar. Es sind so viele. Auch wenn es im heller und heller werdenden Raum nur silberne Schemen sind die heran: schweben. Kein Laut ist: mit ihnen kein Laut.

: 26

Und endlich, in einem anscheinend nur für dieses Gemälde bestimmten wie wandlosen Raum: das Bild der Frau die ich kenne sehen Sie, mein Freund, Angelika, denke ich. Aber dies ist vielleicht nicht: wahr. Was ich sehen kann in einer schon stark blendenden Helligkeit sind noch die wahrscheinlich blonden Haare die schmalen Lippen ist die hübsche aufgeworfene Nase das zarte Kinn die einmal schlanke. Und nun ein wenig füllige Gestalt in einem lavafarbenen Sommerkostüm: so reisten wir an: so standen wir vor den Shops in jenem letzten Flughafen. Wir sind immer noch in der Luft! will ich ihr zurufen. Das Bild nimmt eine ganze Längsseite des Raumes ein oder mehr: es scheint von dort her den Raum zu überfluten wie eine Fata Morgana die sich aber als: wahr erweist sacht: vibrierend. Nur die blendende Helligkeit die jedes Detail des Bildes wie: ein Feuer erfasst rückt es fern während es sich nähert. Links oben erkenne ich noch: im Bild: ein Bild in rötlicher einmal wohl orangefarbener Tönung. Die helle Fläche: rechts ist ein Fenster vor dem: die Frau steht. Durch das ich einen steilen Hang sehe: mit Pinien die im Gegenlicht: verdampfen. Die Frau: ist schon ganz: Erscheinung. Ihr ausgestreckter. Rechter Arm endet in meinem Kopf während ich: knie. Eine Strahlung hinter dem Bild zersetzt alle Farben zu: weißer Asche und nur kurz zuvor noch: sehe. Ich den links einfallenden. Großen Schatten der: die Frau ereilen wird aber. Das Licht wird ihn zer: setzen wie. Mich dieser heran: flutende. Blitz, mein Freund. Durch meine Arme die Brust das weiße. Asche. Gehirn.

II

leise es ist ein leises vergehen als hielte man mich wie
ein glas wasser in einen see klares in klarem durch-
sichtigste schmerzen ohne rand ein nachlassen endlich lösung verfließender kristalle im quarzstrom der
zelle ohne wände die ich bin

ein ernsthafter Student in einer herbstlichen Straße
an deiner Seite, Angelika. Oktober oder schon No-
vember. Die feuchten Blätter an unseren Schuhsohlen. Zwei ernsthafte Studenten, frühes Semester,
unter einem Sturz aus Zeit. Panzer. Glas. Deine
Freundlichkeit unfassbar für mich weshalb

sollte man dieses Bild nicht durch das Fenster betrachten von dem Pinienhügel herkommend seine
Rückseite gleichermaßen: der Pfad zwischen Olean-
derbüschen und Macchia: ich

höre nicht und wie infolgedessen gibt es keinen
schmerz und keine angst keine scham mehr um mein
leben sondern nur dieses weiche durchtrennen aller
nähte in mir entknoten der arterien und windungen
des darms gehirns

willkommen! mein Freund, ich hätte nicht gedacht
selbst wenn ich einiges hätte denken können dass Sie
mich auch hier begleiten könnten in diesem blitz licht
meer in dem wir treiben ich weiß nicht wie noch ge-
schieden von der stillen blendwelle wir gel-körper
transparente quallenglocken lichtwasserringe im licht-
wasser kopfüber hätten wir denn köpfe wir tauch-
vögel Sie, mein Freund, denke ich lassen sich nichts
und niemanden entgehen und stets wenn ich Ihre
nähe spüre ist mir zumute als sollte ich gestehen wie
erleichtert ich bin dass mir meine ganze erinnerung
ertrunken ist bis auf wenige inseln Robert Angelika
die blonde frau die vor mir über den verwachsenen
pfad zu einem haus einem kleinen elfenbeinfarbenen
haus mit einer blau lackierten eingangstür empor-
steigt mein vater in das gesicht des fremden mannes
starrend aber das bedeutet Ihnen wohl nichts und ich
muss auch zugeben dass es besser glücklicher unendlich viel lustvoller ist hinabzutauchen in dieses kristal-
lene gläserne wasser ohne grund scheinbar aber nun
sehe ich es auch, mein Freund, diese schemen unter
uns und die verschwommene landschaft hinter den
wasserschichten und ich begreife schon dass wir hier
eine neue art haben ein zimmer zu betreten nämlich
kopfüber und von der decke her indem wir durch das
bergseeklare wasser hinabtauchen mit dem dieses

zimmer geflutet wurde so dass es einem aquarium
gleicht groß genug um haifische auszustellen oder mit
uns ist eine wundersame verkleinerung geschehen die
uns titanen vorgaukelt zwei titanen die in einem
fürchterlichen ringkampf auf dem grund des aquariums begriffen sind wie in sich verbissene haie während ein dritter den wir ebenfalls von oben betrachten
als fast regungslose fläche erscheint niedergeduckt
und unbewegt bis auf die schwankende dunkle herbst-
blume seines haars und etwas wie ein feiner rubin-
roter faden der um seinen kopf gewickelt scheint sich
kräuselt alles das denke ich haben wir schon einmal
im fernsehen gesehen es ist nicht schön, mein Freund,
zeigen Sie mir doch bitte die ausstiegsluke für unsere
wasser- oder luftkörper etwa dort

: 23

in unserem Studentenzimmer, Angelika. Plötzlich,
endlich wiedergefunden. Die ersten Wochen an der
Universität. Gedächtnisinsel hinter den geschlossenen Lidern. Außen das Hinabtauchen zu den kämpfenden Titanen. Wie gleichgültig, ob ich zwischen
ihren Fäusten Zähnen Knien. Unfassbar deine Freundlichkeit weshalb. Das schwarze Bild von mir in meinem breiten Schädel. Unsere Wohnheimzimmer:

Normschreibtische wackelnde Stehlampen orange-braune Vorhänge Bücherregal aus Kiefernholz gefleckter Linoleumfußboden mit Tweed bezogene Klappbettmatratze. Deine Füße in Tennissocken auf diesem Tweed auseinander gesetzt die Härchen auf deinen starken weißen Waden dieser kleine Stallgeruch deines zahnfleischfarbenen Löwenmäulchens. Nicht aber ein Gesamtbild deiner Nähe nicht einmal in und während dieser doch besten Zeit ich stets ohne Geld trotz der schwarzen Limousinen und dem großen gelben Bungalow meines Vaters Jobs immer Jobs Einschweißen von Illustrierten nachts Marktstand sonntags aber auch türkisfarbene giftige Granulate in einen Kessel schaufeln in Gummistiefeln irgendetwas vom klebrigen Boden mit Schläuchen spritzen. In deinem Inneren, Angelika, unsichtbar ein heller weißer Gegenmensch damals vor meinen geschlossenen Lidern in dem gefluteten Zimmer der Riesen ein Kampf. Gewaltige Wirbel Unterwasserstromschnellen tückische Strömungen und Schaum um die Fäuste. Unsichtbar. Unsichtbar hinter den Rosenblättern der Lider. Wie in eine Koralle tauche ich in die Gedanken an unsere erste Zeit, Angelika. Unsere Wege die Fahrräder zwei Schreibtische im kleineren Zimmer unserer ersten Wohnung. Gespräche am Vormittag nachts die Weltwichtigkeit von Studentengesprächen und deine unbegreifliche Freundlichkeit, Angelika, deine Geduld damals für den Schrecken in mir das Schlangennest in meinem Kopf unsichtbar für dich wie du selbst bis auf deine Waden und deine Füße in Tennissocken auf dem Tweed und. Meine Außenseite Ansicht des Körpers der notwendigerweise irgendwo solange ich. Auf dieser Nachtwiese der gleichen Paare inmitten der Stadt und schwebend über meiner Kinderstadt ohne Körper. Weshalb kein Bild von mir weshalb

: 22

bin ich mir selbst ein schrecken, mein Freund, weshalb denke ich die hände die mich packen – viele hände dutzende von händen – während wir kopfüber im aufgeschäumten wasser zwischen den kämpfenden giganten wirbeln diese hände die mich nun halten und sicherstellen und befördern (wie auf einer prozession oder verbrennung) in etwas stilleres gläsernes gletschereisblaues hinein wollten oder hätten auch wenn sie nicht wollten das recht mich in stücke zu reißen wie furien einer alten tragödie? mein leben ist doch nichts als diese blitzlichtszenen meiner brennenden erinnerung:

kurz ganz: kurz bevor ich. Übergehe: der Blick zurück in die Zimmerarena der Titanen. Nun plötzlich: zurechtgerückt ins menschliche Maß ein am Boden kniender Mann eine enorme Krötenart Ochsenfrosch: hinter einem umgekippten Stuhl die Kämpfenden und: durch mein Ohr schießend wie ein Pfeil die: Schreie der Frau

aber schon diese rettende stille fahrt durch wasser und glas auf händen getragen vergleichbar nur königen und bräuten und leichen in einem inneren raum Ihres schönen planeten, mein Freund, dank diesen händen die mich aus diesem kampfraum bergen wie eine geburt im museum (penis des bonaparte) hier endlich könnte ich wieder atmen während wir abgestellt werden von den zahlreichen helfern oder gnädigen rächern im treppenaufgang des

aquariums

dieser stadt auf Ihrem seltsamen planeten, mein Freund, Sie gehen so leichthin neben mir die stufen empor und auch ich fühle wieder den enormen auftrieb der ersten stunde in der Sie mich in jenem park fanden euphorisierte lichtjahre entfernt von meinem hotel und der frau mit der ich doch gekommen sein musste hören Sie fast ist es mir schon gleichgültig zu wissen wo ich bin und wie ich hierherkam oder wieder herausfinde denn ich muss zugeben dass ich an den seltsamen orten dieser stadt stärker vorhanden bin als in meiner naheliegendsten erinnerung vielleicht bin ich lieber hier zwischen den menschen im aquarium diesen wie mir scheint sehr friedlichen menschen die mit mir über die schwarzen federnden treppenstufen zwischen den glasscheiben gehen leicht und doch

langsam wie schwebend (oder fast schlafend) und zu-
meist hinausschauend wie ich so dass wir uns kaum
betrachten können denn in diesen großen aquarien
links und rechts gefüllt mit eisgrünem hell leuchten-
dem wasser haushoch und bodenlos als führte uns ein
gläserner gang auf dieser treppe durch ein kaltes meer
zeichnen sich dinge ab und schwimmende leiber die
sich den scheiben nähern aus dem ungeheuerlichen
grün dieser wassermasse in der es eine neue oder uns
längst unbegreifliche form der atmung geben muss
denn die ersten gestalten die nackt und blass aus den
tiefen heranschweben sind ohne tauchgerät und luftblasen in dieser leere oder fülle in der farbe der seiten-
kanten großer glasscheiben undurchdringlich und
transparent zugleich eben gerade, mein Freund,
schien mir jemand von außen gegen die scheibe zu
stoßen deren randlose kühle glätte eine enorme stärke
haben muss um dem druck standzuhalten jetzt, mein
Freund, können wir schon beinahe das glas berühren
das sich von der decke und den seiten her die nichts
mehr als die wandung einer durchsichtigen arterie zu
sein scheinen die sich durch ein polarmeer zieht sogar der boden unter den wie sprungbrettern federnden treppenstufen ist durchsichtiges glas so dass
keiner mehr versteht wie diese treppe in diesem glas-
tunnel befestigt wurde auf der wir alle so leicht em-
porsteigen durch das grüne leuchten ohne sichtbares
oben und unten als gäbe es ein wasserweltall und glä-

serne tauchraumschiffe oder gehröhren zu anderen planeten, mein Freund, ich erinnere mich an das wasser dieses beunruhigenden zimmers in das wir kopfüber eintauchten und frage mich ob er nicht draußen liegen müsste dieser raum mit den zwei kämpfenden und dieser anderen knienden gestalt aber es gibt keine gegenstände tapeten stühle im meer noch nicht einmal felsen oder kleine fische soweit man sieht nur schwimmende menschen oder menschen gleichende mit unbegreiflichen fähigkeiten etwa diese polarmeerkälte zu ertragen (ich sehe eiskristalle an den aquariumsscheiben) etwa nicht zu atmen so fremd wie – und kaum denke ich dieses wie, mein Freund, treibt dieser birkenholzweiße leib so nah heran dass ich nicht mehr wie denken kann denn es ist mein vater und also das eisgrün der hölle in dem er treibt dicht an die wandung der glasröhre heran mit geöffneten augen auf dem rücken sein dürrer wasserleichenkörper mit der halbglatze den langen armen und den schwarzbehaarten gepflegten affenklauen ich dachte immer

er hat Eis. Im Gehirn, Robert, du müsstest ihn sehen, jetzt, wie er da:

an der scheibe vorüberschwebt langsam wie ein floß oder ein toter bleicher fisch und hinter ihm treibt ein schwarm von gleichgekühlten seine eiskalten. Freunde:

: fast könnte ich ihn berühren, Robert, berühren

ohne dass meine hände zu eis würden oder mein herz ich hätte mir die hölle anders gedacht als ein eisgrünes meer ohne riffe und felsen und fische und auch wenn Sie, mein Freund, der Sie mit mir in dieser kolonne in der gläsernen röhre durch das grüne eismeer gehen mich darauf hinweisen (wie? schweigend nie deutlicher als am äußersten rand meines blickfeldes dort aber so gewiss wie der schatten meines schädelknochens) dass noch ganz andere gestalten unter und über uns vorbeitreiben – schöne üppige frauen mit gelöstem haar junge männer mit eigenartig emporgeworfenen oder nach unten gestreckten armen kaum erkennbare nackte gestalten eingerollt wie langusten – dass man nicht so einfach sagen kann oder antworten auf die frage wo sein vater ist

: 21

in der Hölle! Angelika. Die ersten Jahre immer diese Antwort aus meinem Mund. Fast unsichtbare Jahre. Das Studentenzimmer. Eine herbstliche Allee. Einige wenige aus dem Leben gerissene Bilder. Du – ohne Gesicht. Deine Fragen. Zärtliche, bekümmerte, sorgfältige Zeit des Anfangs. Kaum findbar. Ein dunkler Mensch in mir nun wie ein Schatten aus dem Inneren. Bis überall dicht unter der Haut Epidermis Corium

Subcutis Tela subcutanea: versprengte Wortnomaden in meinen betäubten Gehirnschichten und dann nach Jahren wieder: der wunderbare botanische Duft einer Apotheke. Zwischen deinen Beinen, Angelika, ein blutiger Kopf welche. Freude.

Er lebe in der Hölle, sagtest du, Robert. Schon jetzt lebe. Unser Vater in der Hölle unter uns. Lebenden. Der Mann im Garten: nur einer von Dutzenden. Am Abend dieses Sommertages dieses schönen und schrecklichen Kristalls in meiner: Erinnerung. Wir stehen am Fenster auf den Kiesweg im Garten starrend wo die Männer. Standen als: wir vom Angeln kamen, Robert, und das Dunkel in: unserem Kinderzimmer über den Büchern Postern dem Globus der Darts-Zielscheibe: wuchs: die Kälte-Koralle des Baumkronenschattens an der Decke über den Vorhängen und: wie ein Spinnennetz über deinem Gesicht, Robert, als wüsstest du jetzt schon: was du drei Jahre später erst wissen würdest als du sagtest: er lebe in der Hölle. Unsere Mutter in der Zimmertür: Wir bräuchten keine Angst mehr zu haben dieser Mann im Garten. Sei. Verrückt was wusste sie? Was wusste sie damals schon, Robert. Sie hat den Toten. Verziehen. Wie eine furchtbare Verrückte: dafür. Dass sie so laut. In der: Erde schrien, Robert,

du müsstest ihn hier vorbeitreiben sehen in diesem polarmeer starr in dem eisigen grün soweit ich es erkennen und nachempfinden kann verspürt er keinen

schmerz sondern nur etwas wie eine betäubung ein
staunen in dem so viel erleichterung ist vielleicht darüber dass er nun nicht das geringste mehr besitzt
und vollkommen ziellos treibt die gläserne röhre oder
arterie durch die wir uns in diesem ozean bewegen sie
weist keine stufen auf und das glas der außenwände
scheint weicher zu werden fast schon wie eine membran so dass sich nun der boden unter unseren nackten füßen zu wellen beginnt, mein Freund, hier ist es
nun schon wie in einer großen fischblase die in po-
lareismeertiefen gesunken ist mein vater auf der anderen membranseite treibt davon in seinem ewigen
schrecken und andere gestalten auf dem rücken oder
der seite liegend nähern sich langsam und regungslos
unserem tubus wenn ich nach vorn schaue sind die
nackten rücken der vor mir gehenden nicht mehr so
wohl gefügt wie bei einem marsch sondern es entstehen lücken man sieht gesichter profile von körpern
einige sinken in die knie so dass andere darüber stol-
pern jetzt ist die außenmembran so weich geworden
dass sie einzureißen droht und ich nur noch an die
polarkälte denken kann in der ich dann treiben werde
wie mein vater aber als ich falle und menschen über
mich stürzen (seltsam gewichtlos oder ich spüre
kaum mehr etwas) sehe ich durch den plastikweichen
boden des ganges nach unten in die eisgrüne tiefe und
eine gestalt der andern seite nähert sich von unten her
wie ein aufsteigender taucher einmal, Angelika, waren

wir in einem exotischen land und fuhren in booten
mit gläsernem rumpf und sahen wie durch eine aqua-
riumscheibe in eine spielzeugbunte unterwasserland-
schaft wie jetzt in das eiskalte klare unendlich tiefe
dieses reinen menschen-meeres aus dem sich der taucher aufschwingt zu meinem gegen die membran ge-
pressten und von den füßen der anderen niederge-
trampelten körper der keine schmerzen mehr verspürt außer denen der vorahnung der eiseskälte und
völligen hoffnungslosigkeit aber nun auch des:

Wiedererkennens! Mein Kopf, Robert, kalt wie das
Eis in. Dem du schwimmst. Dein junger. Körper so
wie ich ihn kannte damals jetzt. Ein Taucher. Leib.
Mein Kopf, Robert, mein Kopf. Durch die fast glas.
Klare Membran die uns noch. Trennt sehe ich dich.
Endlich wieder: wo, Robert, wo? Du bist älter. Geworden nur so. Kalt so eiskalt einmal sah. Ich dich auf
diese Art wie: jetzt unter Wasser im Waldsee in. Dem
wir angelten selbst. Fische wir versuchten zu reden
damit: Luftblasen aus unsern Mündern. Stiegen, Robert, aber jetzt treibst du nur. Unter mir und: siehst
mich an ohne. Ausdruck umspült von: deinem fast
noch Kinder. Haar, Robert, und unsere Hände. Berühren sich wäre da: nicht diese letzte. Transparente.
Ich bin vielleicht ganz unkenntlich für dich geworden
und. Es kann nicht! Die Hölle sein, Robert, das gleiche. Eismeer in dem: unser Vater schwimmt wenn.
Ich zu dir könnte, Robert, wie in einen Spiegel gehen

der etwas anderes. In der Vergangenheit zeigt wenn ich zu dir könnte endlich, Robert, ich war. Mir doch nur ein Schatten- und Scham: Mensch.

: 20

Ohne Übergang. Hinter meinen Lidern sind nur noch die beiden rot glimmenden Kreise der nach außen zielenden Aufmerksamkeit. Klare kühle Linien und Farben treten an ihre Stelle: die weiße Hemdmanschette des Arztes, der blaugraue Anzugsärmel des Arztes, die tannengrüne Krawatte des Arztes. Er ist ein freundlicher alter Bekannter, Kongressteilnehmer wie ich, so lange nicht mehr gesehen, dass ich ihn tot glaubte, der mir aber plötzlich beistand, als ich diesen Anfall hatte. Gemeinsam mit Angelika und diesem Mann vom Wachdienst brachte er mich in diesen Sanitätsraum, und ich erkenne alles und jedes, weiß den Monat, den Tag, die Stunde so gewiss, wie ich den Metallkasten mit dem grünen Kreuz an der Wand erkenne oder Angelikas Gestalt oder meine nach dem gelockerten eigenen Krawattenknoten fassende Hand. Der Puls geht ruhiger, der Schweiß trocknet, die Spannung weicht aus den Gesichtsmuskeln, und der Arzt erhebt keinen Protest dagegen, dass ich mich wieder erhebe und an seiner und

Angelikas Seite hinaustrete in den Tumult des Kongresses, der sich auf mehrere Etagen der lichterfüllten Glas- und Stahlkonstruktion der Halle verteilt. Ergriffen von der Weite des Ausblicks, der Nüchternheit der Architektur, der Geschäftigkeit der Leute gehe ich voran. Angelikas Ellbogen, hart und leicht, eine kompakte, elegante Präzisionsanfertigung, stößt hin und wieder vorsichtig gegen meinen Arm, eine bis in die Unregelmäßigkeit des Kontakts dezente Ermutigung, die ich aber gar nicht bräuchte, denn ich habe meinen Anfall oder Kollaps oder Sturz in die Nacht: Stadt so vollständig überwunden, dass mir wie einem zum Flug aufgepumpten Maikäfer zumute ist, der sich durch die Luft hinaufschwingen könnte in die nächste Ebene, um sich zu den in Kardinalspurpur gewandeten Delegierten eines französischen Konzerns zu gesellen, oder hinabbrummen mitten hinein in den Fliederstrauß resoluter aufgedonnerter Pharmavertreterinnen der wohlbekannten Schweizer Firma. Es gibt Vorträge über Marketingstrategien, über die Zusammenarbeit mit staatlichen Gesundheitsbehörden, über die Reaktionskinetik neuerer und neuester Wirkstoffe, über die spektakulären Börsengänge von auf Genmanipulation spezialisierten Unternehmen. Einige Köpfe nicken uns zu. Geschäftsfreunde in Form alter Unbekannter und mutmaßlicher ehemaliger Studienkollegen. Natürlich sind wir nur Randfiguren unter Hunderten von Pharmaforschern, Ärzten, Apothekern, Managern – aber an diesem Rand sind wir genau in der Mitte unseres einzigen und wirklichen und endgültigen Lebens, in dem wir den Familienbetrieb Eberhard Rauch & Co übernommen haben und zu einem immerhin einunddreißig Angestellte beschäftigenden Unternehmen ausbauen konnten, Angelika, weiterhin unter dem namen deines vaters in dem ich verschwand so erleichtert noch jetzt wenn sie mich rauch nennen Rauch ist schließlich weltweit liefernd, spezialisiert auf ausgesuchte Produkte im Bereich nahezu kosmetischer Pharmaka. Dass wir zu solchen Kongressen gehen, ein- oder zweimal im Jahr, liegt weniger an unserem Bedürfnis zu repräsentieren, als an – Konstantin wie war es mir möglich in jenem museum der von allen wänden stürzenden geburten nicht genauer und eingehender daran zu denken dass ich leben gezeugt habe und die entbindung sah verzückt und erschrocken als würde ich als buddhistischer mönch vater werden, Konstantin, der aus einer tiefer gelegenen Ebene der Kongresshalle zu uns heraufsteigt, mein, unser Sohn, Angelika, mit diesem stets gemischten Ausdruck, der sich seinen Zügen einprägt, wenn er uns beide im gleichen Augenblick wahrnehmen muss, Liebe und Verachtung (oder was weiß ich), aber heute und oft bei solchen Gelegenheiten, in denen er zu Geltung und Anerkennung kommt, überlagert von etwas wie einem gewissen Angerührtsein darüber, dass wir, auch ich

also, an seinen Erfolgen teilnehmen. Am Ende der
Treppe bleibt Konstantin stehen, als habe er genau die
Wirkung dieser Position berechnet, die ihm, dem 26-
jährigen frisch promovierten Chemiker im dunklen
Anzug, den innenarchitektonisch vorteilhaftesten
Aspekt der enormen, lichten, von den schwebenden
Zwischendecks durchkreuzten Halle zuordnet, als
gehörte sie ihm wie einem Politiker der Hintergrund
auf einem Wahlplakat. Wir begrüßen uns mit einem
Händedruck dein vater hatte einen anfall: wundert
ihn ebenso sehr als hätte ich ihm erzählt es sei ein aus-
fall in das grüne meer unter der packeiskruste eines
fernen planeten gewesen Konstantin wundern viele
Zustände, die ich habe, seit er sich mit den Zuständen
erwachsener Menschen beschäftigt, und er ist wohl
kaum in der Lage, sich vorzustellen, wie beruhigend
ich diese Unfähigkeit finde, wie sehr mich sein Ehr-
geiz, seine Engstirnigkeit, sein Karrieredenken trös-
ten und von der Angst am Tag seiner Geburt befreien,
als ich dachte, Robert, du würdest wieder auftauchen
wie aus dieser entsetzlichen meerestiefe in jenem gläsernen unterwasserkanal (wo bin ich mein gott) ver-
steh mich: nicht als das was du warst und das ich
liebte sondern als die verzweiflung in der du gegangen bist und in der ich solange lebte vielleicht sollte
ich also sagen: die angst überkam mich zwischen Angelikas schenkeln selbst noch einmal zu erscheinen
oder einen neuen wiedergänger unseres eiskalten va-

ters gezeugt zu haben als sein wieder zeugendes werk-
zeug aber das war vollkommen verrückt Konstantin
war jedoch immer und ist, denke ich auch jetzt, während wir zwischen den Forschern und Managern und
Ärzten dahingehen, ein Rauch vor allem, mütter-
licherseits geprägt in der Linie energischer, ungebro-
chener, zielbewusster Kleinunternehmer. Die zwei
Geschäftsfreunde, die wir vor einer Hinweistafel zu
den Kongressveranstaltungen treffen, grüßen ihn
schon ehrerbietiger als Angelika (und mich sowieso),
und nichts freut mich mehr als diese Zeichen, dass
möglichst viel von mir in ihm verschwunden ist und
nur noch Rauch übrig bleibt, ich kann gar nicht sagen,
wie froh ich mich in diesen Luftspiralen verliere, als
löse sich mein Gehirn und Gedärm im Wasser oder
einer herrlichen heiligen Säure

: 19

jedoch bin ich endlich wieder in und vor mir vorhanden auf diesem enormen Kongress, dem es um das
Wichtigste geht,
    Angelika, schon damals in den
    wie immer herbstlichen Tagen unseres Glücks oder
der noch nicht vorhandenen Gewöhnung: mit Labor-
kitteln, in den knarrenden Kaskaden der Stuhlreihen

schlecht beleuchteter Hörsäle, in Studentenkneipen oder preiswerten Hotels und auf Campingplätzen in der Bretagne und in Italien unsere leider doch einmal endenden Gespräche. Dein Ernst und deine prüfende Geduld. Das scheinbar gleiche leidenschaftliche wissenschaftliche Interesse am: menschlichen Körper und dem Wichtigsten seiner unbedingten Rettung in jedem Zustand und an jedem Ort.

die frage weshalb ich nicht arzt wurde oder werden wollte wie unser vater, Robert, so ein schreiender eismeerarzt vor seinem gelben bungalow im garten dem wir entliefen wie einer grünen seuche aber ich sollte wohl auch sagen wie spät oder entsetzlich früh im menschenleben jedenfalls am ende deiner und bald auch meiner kindheit erst alles zerstört wurde durch

Wahrheit, Angelika, ich sehe plötzlich wieder zurück auf unseren ersten wirklich verletzenden Streit, noch bevor Konstantin geboren wurde, der jetzt so selbstbewusst an unserer Seite geht und die Leute grüßt, als würfe er ihnen Geldscheine hin. Das Wichtigste, riefst du, sei die Wahrheit, die ich mir zu erschaffen hätte, und so könne ich alle und alles werden, eben auch Arzt unmittelbar an und unter der Haut der Menschen ohne meine hysterische Angst, Schmerz zuzufügen allein schon dadurch, dass ich sie berühre und vermesse und mit elektroden ihren todeskampf aufzeichne, hätte ich, Robert, damals fast zurückgeschrien, außer mir vor. Erinnerungs: angst jedoch ist dies schon so lange her, von diesem Kongress aus betrachtet, und während ich an deiner Seite gehe, Angelika, steht nichts mehr zwischen uns, sondern alles ist abgerissen, jedes Hindernis, nur: dass ich nicht zur dir hinschaue, dich nicht anschauen kann oder will und mir dein Ellbogen an meinen Rippen genügt wie so oft, damit ich. Alles was es hier. Zu sehen gibt, ganz erfasse, diesen: wie grenzenlosen Kongress, diese Wissenschaftler und Ärzte und Vorträge und Poster und Berichte, Statistiken, geschmeidige normalverteilte Gaußsche Glockenkurven (solche Dinge wusste ich einmal, Angelika) hoffnungsfroher Studien über die Medikamente des nächsten Jahrtausends.

Der Körper, Angelika, Konstantin, mein im Geschäftsanzug zwischen euch gehender Körper, euer Körper, alle Körper in dieser Halle, auf den Treppen, in den Aufzügen und Sälen. Bleibt. Das Ziel, immer das Ziel der Anfang das Ende (saal der geburten und pfeilschmerz durch den rauschenden kopf in blutspülung, wo sind Sie, mein Freund, etwa draußen auf dem zypressen-hügel und dem verwachsenen pfad, hinabtaumelnd). Was ich wollte, alles was ich einmal wollte, Angelika, war ein nie endender hoffnungswilder Kongress (Reagenzgläser und Formeln und Logarithmentafeln auf Computerbildschirmen), der den ganzen Körper so gläsern machte, so durchsichtig und frei: schwebend wie scheinbar alles in dieser lichten Halle ohne Schmerz und Schatten. Nur Klarheit. Nur Hilfe. Einmal fand ich ein Wort, Angelika: Arzt ohne Berührung.

: 18

Intraglutäal, intravenös, intraarteriell, intraartikulär. Es ist nicht so, dass dem Körper geholfen werden kann, ohne ihn zu durchstechen, und wenn du dich mit mir erinnern willst aus deinem paradiesischen eismeer auftauchend, Robert, so wirst du die wenigen besuche wieder vor deinen (Konstantin-) augen haben die wir der praxis unseres vaters abstatten durften und an die silbernen nierenschalen denken die krummen scheren die blutwatte die zangen und den aufgeschnittenen mann mit seinen kastanienfarbenen organen auf der schautafel gewiss: vater verdiente sein unser geld als unbedingt unauffälliger arzt bevor er erneut forschte und noch mehr geld verdiente schon einige zeit vor: unserem. Sonntag, Robert, und diesem letzten: Abend unserer Kindheit die Schatten: Krallen der Äste im Licht unseres Zimmers und Mutter die. Uns zu beruhigen versuchte zwischen. Unserem Spielzeug trank sie sich so: still zu Tode, Robert, deinetwegen mehr als einer toten. Wahrheit
    zu Liebe.

Mein Freund, ich vermisse Sie auf diesem Kongress. Sie mögen verschwunden sein, weil ich nun wieder so vieles über mich weiß, und ich mag Sie vermissen, weil ich nichts mehr wissen möchte oder wenigstens nicht so fürchterlich viel über mich. Noch einmal ginge ich gerne in diese Bar, in der Sie nichts tranken, durch die Wiese in der nächtlichen Stadt, in der es keine Erinnerung gibt oder keine Vergangenheit jenseits des ersten Gartens und keinerlei Unterschiede. Jetzt ist alles wieder fast wie gewohnt, oder es scheint so wie auf manchen Kongressen zu sein, die wir besuchten, Angelika, vor langen Jahren, aber doch nicht mehr in der letzten Zeit, und es muss Gründe geben, die es verhindern, dass ich dich ansehe, obgleich ich doch im Augenwinkel wie einen entstehenden Brand dein Flammenkostüm trage, und nach wie vor stößt dein Ellbogen an meine Rippen, manchmal so hart, als würdest du Eintritt verlangen oder den Durchbruch zu meinem Herzen. Wenn die Leute uns ausweichen oder uns wie jetzt im Eingangsbereich zum Zentralen Hör- und Sehsaal gegeneinander drängen, möchte ich schwören, dein Gesicht sei so, wie ich es in Erinnerung habe: eine blanke Fläche, glatt wie ein Knie. Und im nächsten Augenblick bin ich mir sicher, du seist blond, trügest ein lavafarbenes Kostüm, hättest diese hübsche aufwärts strebende Nase und die Schattenringe unter den grünen Augen und seist. Vor einer Un-Zahl: von Tagen diesen Hügel vor mir. Hinaufgestiegen auf einem verwachsenen Pfad nachdem: wir am Flughafen endlich angekommen waren ohne Koffer und: gleich weitergefahren. Waren ans Meer entlang der. Lichtkante zum südlichen Himmel der nachts: so stahlblau in das Hotelzimmer leuchtete wie nie mitten am. Tag als wir den Hügel emporstiegen zwischen. Den Vulkan- und Feuer: Steinfarben der Macchia war mir so endgültig. Zumute, Angelika, endlich und ich fühlte: mich auch frei nur du, sie, diese blonde. Frau in der Sommerhitze, ungeschickt auf. Ihren weißen Schuhen voranstöckelnd sollte. Noch nicht: So weit sein, sie hatte. Kein Recht, aber keiner hat. Das Recht und sie sagte. So seltsam theatralisch wäre: ich eine Mörderin müsste ich. Sterben als. Hätte sie es auswendig: gelernt. Von eigener Hand und es gäbe: nie jemanden der. Immer bei einem anderen bliebe. Und solche hätte es. Auch: nie gegeben – aber: einige doch denke ich und nicht wenige davon scheinen auf diesem kongress zu sein auch wenn ich sie nicht sehen kann spüre ich sie wie ich sie immer schon gespürt habe seit jenem nachmittag im garten, Robert, oder vielmehr: seit mir die bedeutung dieses nachmittags klar wurde wie das blitz. Licht

das mich aus. Löschte das Licht

jemand hinter den Glasfluchten dieser Kongresshalle oder ist nur etwas vor meine Augen gekommen wie ein fließender kalter Schleier. Aber immer noch berührt mich deine Schulter, Angelika, immer noch kann ich dein Gesicht nicht erkennen als wärst du mit einem Vergessen maskiert und weiterhin stehen wir vor dem Eingang zum ZENTRALEN HÖR- UND SEH-SAAL, schon hellt alles sich wieder auf (ein langsam sich öffnendes Lid), und ein Blick nach oben über die Köpfe der Delegierten hinweg, durch das zerissene Netz von Freitreppen und schwebenden Pfeilern und Verspannungstrossen trifft einen gewittergrünen Himmel trifft als erkenntnis mein herz wie ein schuss der gedanke dass ich seit tagen nicht atme oder dass dieser himmel voller meeresfarbe doch nur der eis-grüne ozean ist der alles umschließt und diese halle wie ein riesiges u-boot hinabsinkt seine wandung die gläserne hülle des kongresses, Angelika, du kannst gar nicht hier sein, hier geschehen ganz neuartige Dinge mit dem Körper: etwa dass Konstantin, während er einen Schritt vor uns durch die wartende Menge geht, zu vibrieren scheint und unscharf wird wie ein Fern-sehbild. Aber wir sind ohnehin nur Elektronen, und in der geschwungenen weißen Wand des ZENTRALEN HÖR- UND SEHSAALES leuchten wie große Bullaugen eingelassene Mattscheiben so perfekt, so flimmerfrei, so wirklich unwirklich, dass man denken muss, man schaue in Terrarien, und es gäbe Menschen in Katzen- und Mausgröße, die einstmals nur als Fernsehbilder vorhanden waren, bevor sie – in Totale, in Halbtotale,

vielleicht auch nur in Form isolierter Körperteile
(rechte Hand des Shakespeare) – von etwas heraus:
geschnitten wurden:

: 17

Einem Blitz möglicherweise, einer Zurück: Strahlung
als. Könnte man Röntgenbilder oder Fotografien.
Oder diese wie aufgepumpt wirkenden Cyberspace-
Figuren: transformieren wie. Wasser zu Wein oder:
Zurückschießen in unsere. Kompliziertere blutende
Lebenswelt in Terrarien. Gefangen (bin ich vielleicht
so in dieser wunderstadt ein menschenmodell hinter
der fernsehglasscheibe: woanders), ohne Wissen, dass
    jemand alles beobachten und auf welche absurde
Weise man zur Aufführung kommen könnte: in einer
Reihe von Terrarien oder Aquarien zerstückt; angele-
gentlich eines außerordentlichen pharmakologischen
Kongresses; eingelassen in die Wand eines Saales, in
Augenhöhe der Kongressteilnehmer, die gestikulie-
rend und diskutierend oder in Fachblätter oder den
Vortragsplan vertieft, nur ab und an einen Blick auf
die Monitore Terrarien Aquarien werfen, ganz gleich,
was hinter den Glasscheiben geschieht, etwa auf:
Monitor 5
herrscht nahezu dunkelheit hinter oder auf der
scheibe dann als würden sich die augen daran gewöh-

nen eine aufhellung und man erkennt in einem schiefergrauen licht ein doppelbett ohne kissen überzogen nur von einer matt silbrig glänzenden decke und von rechts tritt ein mann heran von links eine frau wobei die dunkle kleidung beider mit dem hintergrund verschmilzt wie auf einem alten kirchengemälde so dass jedes stück rasch und mechanisch freigelegter haut erschreckt als würde es gleich einen pfeil empfangen oder eine lanzenspitze oder auch erregt schlagartig und gemein wie nur das billige und käufliche die gier anstacheln kann

aber niemand, keiner der sich vor dem ZENTRALEN HÖR- UND SEHSAAL Drängenden zeigt die geringste Verwunderung, dass es auf diesem enormen Kongress, in dieser raumfährenhaft dahin zu schweben scheinenden Halle um die aufregendsten Entdeckungen der Heil- und Arzneikunde geht, welche das Letzte, nämlich die Abschaffung der Branche selbst, zufolge haben: auch dich also, Angelika, wird es treffen oder schon getroffen haben, weil ich nicht einmal den Kopf zu dir wenden kann. Vor Scham womöglich oder starr vor Angst, du könntest dich verwandeln zu

MONITOR 14

einer blonden und schon etwas verbrauchten frau in dessous auf jenem bett kniend das wir bereits kennen im rücken des fetten nackten mannes der zusammengekrümmt auf der bettkante sitzt als wolle er sich gegen ihren beidhändigen melkergriff nach seinem geschlecht wehren für den er doch wohl bezahlt hat

Sehen Sie, was für ein armseliger fetter kleiner Spießer! möchte ich den Delegierten zurufen, die doch so genau wie ich durch die Monitorglasscheibe hindurchschauen können. Das Bild ist unglaublich präzise, viel zu ruhig, um als Projektion eines Elektronenstrahls begriffen zu werden: Also handelt es sich um wirkliche Puppenmenschen im schummrigen Terrarium der: Erinnerung, Angelika, und die Antwort auf die Frage, weshalb sie jedermann und gerade auch dir solche Dinge zeigen, die nur mich angehen, könnte ebenso fürchterlich sein wie befreiend

MONITOR 2

scheint einen anfang darzustellen: zwei gestalten (eingerahmt von den Quittengesichtern einiger alter kongressteilnehmer) treffen sich unter einer gestürzten roten Neonschrift

S

E

X

und ich wollte sie würden auch hier schon über nichts anderes sprechen als ihre mütter die sich zu tode tranken und ihre vorliebe für die Ostseeküste und das meer überhaupt während schnee über sie fällt (Schnee in einem Aquarium) und eine ihrer Kolleginnen in der eiseskälte mit bloßen beinen auf hohen Absätzen vorbeistöckelt und ausrutscht und schreit

und in den vom Neonlicht rosarot gefärbten schnee-
matsch fällt ihre haarlose bräunliche muschel ent-
blößend und die blutergüsse am saum ihres leder-
rocks

MONITOR 3

sie helfen dieser frau wieder auf die dünnen beine
und wenn ich zunächst vielleicht nicht hatte mitgehen
wollen so sind wir beide doch in gewisser weise wie
sanitäter gewesen so hilfreich und gut nachdem wir
deine kollegin aufgerichtet und in ein café gesetzt haben fragst du mich wollen wir noch ein bisschen
ficken als ginge es um eine tasse tee aber es ist noch
viel weniger für dich

MONITOR 4 MONITOR 7 MONITOR 11 MONITOR 13

jämmerliches ficken

MONITOR 16

dein einmal so hübsch gewesenes gesicht immer
noch anziehend und etwas mädchenhaft von nicht
mitgealtertem silberblondem haar fast wie von einer
perücke gerahmt: zieh nicht daran, Christian (ein
reim, unser verfluchtes kinderlied)

Wenn Sie nichts von diesen Bildern verstehen, dann
fällen Sie hier kein Urteil! Wenden Sie sich ab! Glauben Sie bloß nicht zu wissen, was hier geschieht!
Möchte: ich. Zu den Kongressteilnehmern hin.
Schreien aber: vor dieser langen wie endlos. Langen
(nimm meinen kopf in deinen schoß, Angelika, wie
einen ausgeschütteten krug wein) Reihe von Moni-

toren Menschen-Aquarien in der Außenwand des GROSSEN. HÖR- UND SEHSAALES wundert sich niemand über Fernsehbilder. Erregt sich keiner. Gibt es allenfalls: ein ruhiges Hinsehen im Bewusstsein dass das Leben so eben sei und als könnten diese Geldmenschen und Forscher auch das Herz verstehen wie man ein Lied hört und würden alles Verborgene kennen hinter

MONITOR 8 MONITOR 10 MONITOR 12

im stillen rauschen der köpfe nachts in einem bordellzimmer eine stunde fast nur schweigen und billiges rotes unfalllicht der geruch von schweiß nylon rauch parfum bis sich die stimmen lösen und plötzlich dinge erzählen können als wäre der große runde kalt schimmernde spiegel am fußende des bettes das stählerne meer in das unser flugzeug unweigerlich stürzen muss

MONITOR 14 MONITOR 15 MONITOR 17 MONITOR 19

wir reden nur aber es ist kein trost darin zu finden nur ein teilen von etwas das niemals kleiner wird wie gemeinsam frieren oder hungern und du küsst mich das einzige mal auf

MONITOR 25

ich erzähle von meinem bruder Robert und du sagtest: sekt, Christian, wir kennen uns nun schon mehr als ein jahr.

Sekt, Christian. Und das Geschenk: Monitor 25:
das. Geschenk in einem: weichen öligen. Tuch schwer
wie ein faustgroßer Magnet Monitor 26 Großauf-
nahme: Worum du. Mich gebeten hast, Christian, der
dunkle Stahl. Wäre er nicht: so schwer würde man es.
Nicht. Glauben so wie man nicht daran glauben kann:
zu sterben oder zu gebären. Angelika, du bist nicht
vorhanden in diesem armseligen Rotlicht. Zimmer: in
dem ich mein Geschenk. Empfange weil diese Frau
und ich keinen: Trost fanden. Aneinander. Jedoch

fast etwas wie liebe zwischen hinzurichtenden in
der sekunde ihres letzten blickes oder zwischen ganz
jungen geschwistern in den wirren eines krieges die
sich verzweifelt falsche geschichten erzählen bis sie
auf die Wahrheit stoßen und erwachen müssen in den
alptraum wirklichkeit

Monitor 26

dein geschenk festgefroren im bild

Monitor 27

wir kennen uns nun schon mehr als ein jahr und du
sagst plötzlich deutlich und schwer wiegend und mit
einer so eigenartigen so fremden formulierung wie in
einem theater oder als hättest du es in der schule gelernt und schon tausendmal gesagt: wäre ich eine
mörderin dann müsste ich sterben, von eigener hand,
Christian, so seltsam: von eigener hand

ich ziehe nachdem du mich batest an deinem silber-
blonden Haar das dir vom Schädel gleitet so dass darunter zum Vorschein kommt wie verheerend sich der
Kampf der Ärzte gegen das was dich zerfrisst aus-
gewirkt hat nur noch wenige Büschel von einstmals
so feinem und gleichmäßigem Haar viel seidiger als
das dieser Perücke und dein skalpierter Kopf ist um-
geben von einem Schimmer tragischer Anmut ernster
schöner geheimnisvoller als je zuvor leuchtend fast
und du sagst mit einem Mal: wie meine Mutter,
Christian, ganz wie meine Mutter und ich weiß nun
endgültig dass es nichts mehr zu retten gibt aber doch
ist alles

gut ausgegangen! Dies sieht man schon daran, dass
keiner der Besucher des Kongresses, keiner der vor
dieser die ganze Saalwand wie eine leuchtende Perlen-
kette umspannenden Monitor-Reihe Stehenden eine
besondere Aufmerksamkeit für die Szene aus einem
erbärmlichen Leben aufbringen möchte (das einmal
mir gehört haben muss), und dass Konstantin nun
seinen Arm in meinen linken Arm eingehängt hat und
du, Angelika, deinen linken Arm in meinen rechten,
um – bevor wir den Vortrag im GROSSEN HÖR- UND
SEHSAAL besuchen – noch einmal mit mir zu etwas
wie einer richtigen Familie vereint von der Menge
Abstand zu gewinnen, indem wir auf eine der gläsernen Außenwände der Halle zusteuern, an einen

Punkt, an dem wir wie von einem Balkon aus über die ganze Stadt hinwegsehen können werden, und ich freue mich schon so sehr darauf, meiner Familie zu zeigen, wo ich hergekommen bin:

ein Park mit. Schönen Schleifenwegen eine. Bar ohne Getränke eine Nachtwiese herrlicher dunkler. Gräser in denen: vollkommene. Paare gehen das. Museum der: GEBURTEN ein Flug vielleicht. Über einer kleinen Stadt im Sommer. Der: Verheerung, Robert, die beiden Jungen auf. Ihren Fahr: Rädern

Arm in Arm, Konstantin, Angelika. Ich werde euch, während wir auf die leuchtende Aussicht auf diese Stadt zugehen

die Wahrheit

über: euch. Sagen also. Wer

deine mutter ist, Konstantin, diese stille frau an meinem rechten arm (die wir auf so vielen monitoren schon bewundern konnten?) und was mit dir selbst geschah als wüsstest du das nicht so gut oder nicht bis zu diesem ende aber plötzlich noch vor jeder aussicht auf die stadt muss ich erkennen dass du nicht mein sohn bist

sondern

du, Robert! Als hätte: ich es gleich. Wissen müssen dass niemand. Auf diesem: Kongress sein. Kann der noch vollkommen sicher auf: der Erde. Ist und nicht schon: Wenigstens im. Übergang, Robert, wie es mich: freut dich hier. Am Rande des. Kongresses zu

sehen wirklich zu sehen. Als wärst du: unter der Erde
in der Eiseskälte einer Ozean: Hölle älter und. Erwachsen. Geworden, Robert, nicht immer. Nur in
meinem. Kopf mein Kopf!, Robert, ist keine. Sorge
mehr. Wert und einmal hatte ich furchtbare: Angst
du. Könntest in Konstantin wieder: erwachen so wie
du. Jetzt in: seinem Anzug. Steckst und in. Seinem
Alter: ich

: 15

muss euch wohl nicht vorstellen oder sollte ich sagen,
Angelika, dies ist dein in meinen bruder verwandelter
sohn oder vielmehr mein bruder den in unserem sohn
zu erwecken ich immer gefürchtet habe damals und
hier steht deine mutter ohne gesicht unter falschem
namen

Dein sanft anschwellender Bauch. Eine Frucht mit
immer neuen weichen Schalen. Ich nur: der Hüter.
Meiner Alpträume. Tausende von Streifenmenschen
das unnachgiebige Flackern. Der Vernichtung.

Hört! Auf diesem Kongress wird euch das. Leben
wider: fahren es galt schon für dich, Robert, der
schließlich so alt geworden ist wie Konstantin ich
sehe dich mit vollkommen fassungsloser freude deine
grünen augen dein schmaler mund deine schilffarbe-
nen haare sind aus dem

Licht: gekommen

in das mein Kopf tauchte wie in eine Schwert-
schneide oder eine Welt ohne Körper in der wir als
Gelöschte noch etwas sind wie Dateien auf einer
Computerfestplatte hör zu, Robert, jetzt! Wo du end-
lich so nahe. Stehst: dass ich dich im Arm halten.
Kann wie: diese Frau. Denken wir. An jenen anderen:
Sommertag zurück weshalb. Sagst du nichts wie. Je-
der auf diesem Kongress in. Dieser Stadt weshalb:
stehst du nur so: unerträglich. Nah. Aufgetaucht aus.
Den Eiswassern der. Hölle jeder Tag. Drei Jahre.
Schon! Nachdem der. Fremde so unauslöschlich in
unserem Garten verharrte. Ich

kann dir jetzt endlich sagen, Robert, dass es sinnlos
ist niederzusinken und eines anderen schuld mit dem
kopf zu bezahlen dass unser geist aus dem herrlichsten nichts kommt ohne vorgänger und chromosoma-
len schrecken der form ich sah dich vor jenem tag vor
dem spiegel hart in dein eigenes gesicht schlagen

es heißt: man gleite wie mit nacktem Körper wie in
ein warmes Bad so vogelleicht vor den

Zug, Robert, deine strahlende. Versehrtheit so rot.
Durch ein weißes Tuch leuchtend an diesem. Tag:
wieder Sommer wieder. Staubige Luft der. Ganze Pla-
net ein helles warmes. Zimmer, Robert, ich

kann dir jetzt sagen es nützt niemandem in sich zu
gehen wie in ein grab es heilt nicht es frisst deine ar-
beit deinen mut dein eigenes kind wir können nicht

zurückgehen und die erloschenen körper retten nach dachau müssen kongresse wie dieser hier wunder der heilkunde und wissenschaft sein ich trug nichts dazu bei denn du, Robert, warst mein todeszwilling in mir die schattenhälfte die in mich flutete seit diesem. Tag:

Am Bahndamm. Die anderen Kinder. Ihre Schreie, verzerrten Münder, ihre in den Himmel geworfenen Arme. DEINBRUDERVOREINERVIERTELSTUNDEAMSÜDBAHNHOFDEINGROSSERBRUDERROBERTDEIN Blut. Herz. Ziel. Halt. Das Schwitzen der Sanitäter am Bahndamm. Die Sonne auf den messerklingenblanken Gleisen. Weiß und Rot. Weiß und rot WEISS UND ROTROTROT von der Trage unter dem weißen Tuch fällt dein Jungenarm ein Lederriemchen am Handgelenk zu Boden, Robert, ohne Halt im

eiswasser zusammengefügt wie geträumt ich muss dir auch diese frau an meiner seite vorstellen eine mir nicht verheiratete ehefrau etwas wichtiges war mit

Ihrer. Mutter, Robert. Ich bin. Nie wieder: zuhause gewesen danach sondern. Nur: auf der Straße in. Kirchen in Heimen in. Meiner Erinnerung gibt: es dein Zimmer nicht ohne dich unseren. See nicht ohne dich lange Jahre nicht einmal diese. Stadt nichts. Ohne dich.

Robert, mit siebzehn Jahren zerstückelt aus freiem Entschluss und nun stehst du gealtert vor mir und doch jung wie Konstantin der einmal werden sollte wie du ohne jedes Gedächtnis aber nur er selbst geworden ist zu meiner Erleichterung Ich möchte dir bevor wir gemeinsam mit allen hier auf diesem Kongress den GROSSEN HÖR- UND SEHSAAL betreten (auch wenn man nichts sagen kann) noch sagen dass du nicht Recht hattest mich alleine zu lassen und vielleicht stimmst du mir zu indem du obwohl du so nahe bei mir stehst unverwandt auf die Frau an meiner Seite schaust Sie ist: Sie: plötzlich. Sehe ich wieder den von Macchia überwachsenen Pfad an: der Küste Sie ging vor mir. Her in. Der Handtasche mein: Geschenk, Robert, Stahl es ist wie ein kleiner messingfarbener Zug der durch dein Gehirn fährt auf dem Gleis deiner schwärzesten Gedanken: die Frau bist nicht du, Angelika, es ist: die Monitorfrau meine schöne

Skalpierte jetzt kann ich mich zu ihr wenden schon fällt sie mir in die Arme mit: unfertigem Gesicht ohne Augen ohne: Mund mit warzenlosen Brüsten ohne: Hände ich

will sie tragen, Robert, Angelika, helfen Sie mir doch, mein Freund, wen spüre ich denn noch mit dieser heftig atmenden stumm schreienden zuckenden

Menschen: Puppe in den Armen, Robert, was hier: vor. Geht

kann ich

gleich genau sagen diese frau ist mir aus einem bild entgegengefallen ein lichtquadrat im rechten oberen viertel leuchtete dort und der blick fiel auf pinien-hügel links die weiße wand von der wie ein papier-drachen ein orangefarbenes bild segelt ein kalender-blatt mit den pyramiden von gizeh wie gut

es ist, dass nun dieser Vortrag im GROSSEN SAAL beginnt, auch wenn ich nichts vor meinen Augen mehr glaube, erleichtert es mich doch, das Leuchten in der Monitorreihe an der Vortragssaalwand erster-ben zu sehen, denn ich war dort viel zu lange mit

dir,

mit der ich reiste: nach Süden reiste ohne. Gepäck zu: meinem vorausgeeilten Geschenk das so absurd und. Selbstverständlich war wie all. Diese Gangster-filme und Thriller

jetzt aber wo du in meine arme gestürzt bist wird mir auch dein name wieder einfallen und der ort die-ses bildes aus dem du kommst um an Angelikas stelle mit mir auf dem kongress zu sein vertauscht mit ihr wie mein sohn mit meinem bruder Robert der wieder hergestellt wurde und sich nun entkleidet gemeinsam mit den umstehenden so schweigend selbstverständ-lich und ergeben dass ich mich nur anschliessen kann und klar wird: dieser Kongress ist. In der: Stadt ohne. Namen

verwunschen

feierlich erregt jeder scheint sich ausziehen zu wollen oder zu müssen da man anders wohl kaum den

Grossen Hör- und Sehsaal.

betreten darf. So streife auch ich meine Kleider ab, nachdem ich einen letzten raschen Blick durch die Glasscheibe nach draußen geworfen habe (: Sicht auf die Städte des Lebens unter einer himmelhohen eismeergrünen Lichtflut). Auf dem kirschroten dicken Läufer, der den Flur vor dem Saal auskleidet wie die pelzige Zunge dieser Kongressmaschine aus Stahl und Glas, fallen Röcke, Jacketts, Hosen, Hemden, Büstenhalter, Krawatten. Ich weiß nicht, weshalb Sie verschwunden sind, mein Freund, denn was hier geschieht, geht mit so gerechten Dingen vor sich, dass ich nicht mehr glauben kann, aus Ihrer labyrinthischen Stadt heraus: erwacht zu sein, sondern mich geradewegs (durch den Ozeangraben, durch das eiskalte Aquarium Wieder-Erweckbarer angereist) in einem ihrer wichtigsten Zentren zu befinden und mitzuerleben wie sich etwas Neues, vielleicht Wahnsinniges, bestimmt aber Nie-Dagewesenes mit den Körpern ereignen wird, derer zunächst schon, die nun hier vor den zahlreichen noch geschlossenen Bullaugentüren des

Saales

in eine Art von kollektivem Entkleidungstanz: verwickelt sind Ältere Damen schon nur noch mit Ohrringen bekleidet Dürre schnurrbärtige Goldbrillenträger die barfuß auf ihre Lackschuhe treten Behaarte Speckreifen fassförmiger Ärzte oder Manager die lächelnde Kaiserschnittnarbe zwischen stark hervortretenden Beckenknochen auf dem flachen Bauch einer Hostess: Es ist wie in Saunen Schwimmbädern, Robert, ich will an nichts anderes denken während auch du (oder deine stumme und erwachsen gewordene Kopie) das letzte Kleidungsstück auf den rotzüngigen Boden gleiten lässt: halte ich weiterhin die gesichtslose Frau im Arm und kann doch nur noch zusehen wie sich Dutzende oder gar Hunderte denn es gibt keine Ausnahme nackter Menschen auf dem roten Läufer oder den taubenblauen schwarzen papageienfarbenen Kleidungsstücken die sie abgeworfen haben: weniger als stünden sie unter Zwang sondern froh oder gar begierig: vor den Türen drängen um unter den Ersten zu sein die den SAAL betreten dürfen dessen Beleuchtung nun entflammt wird und durch die Bullaugen der zahlreichen Doppeltüren starke taghelle Strahlung schickt einen waagerechten Fächer von Lichtsäulen der die Schultern und Köpfe des Publikums gleißend hervorhebt wie im Sonnenschein des herrlichsten Frühsommermorgens: die Frauen streifen nun so sie es nicht schon getan haben auch ihre Ohrringe und Haarspangen ab: lassen sie wie die Perlen und Goldketten Armreifen Uhren und Brillen auf ihre Kleider fallen: dieser Impuls alles Künstliche von sich zu tun hat jeden ergriffen: die Hunderte die Tausende von Kongressteilnehmern welche sich auf mehreren Etagen der Halle vor den Saaleingängen drängen (auf den Monitoren der Saalwand flackern jetzt ständig wechselnde Bilder der nackten Menge von den Stockwerken I, II, III als sei der Saal ein einziger Körper der unablässig seine Außenfläche ertasten und widerspiegeln muss): auch ich, Angelika, muss: verzweifelt diese mit einem Vergessen deines Anblicks durcheinander gebrachte gesichtslose Frau in den Armen: meine Hände zusammenführen damit ich unseren Ehering vom Finger streifen und loslassen kann: er rollt schnell wie der Schatten eines fliegenden Insekts über die Rippen den weißen Bauch die Oberschenkel der mehr wie unfertigen denn verstümmelten Frau die mir nun endgültig entgleiten würde beugtest du dich nicht, Robert, mit herab und wären da nicht plötzlich: Arme. Hände. (Ausgemergelte, schmerzverzerrte, ausgehöhlte, entsetzlich blasse, hohlwangige, bartstoppelige) Gesichter ganz anderer: Menschen zwischen den. Parfümierten Leibern. Hände die. Mir helfen diesen. Frauenleib zu tragen. Der. Plötzlich einen schönen geschminkten. Mund öffnet um. Etwas: Zu sagen nahe an meinem Ohr: Ich

    habe: auch mich beschenkt, Christian!

Aber bald wird das gleichgültig und überwunden sein sobald sich nämlich die türen öffnen hinter denen das saallicht immer heller und stärker hervorbricht über denen eine leuchtanzeige blinkt wie über kinoausgängen BITTE WARTEN plötzlich verändert in BITTE VERLOREN in FRAU VERLOREN in HERZ VERLOREN in KOPF VERLOREN in SEELE VERLOREN, Robert, es ist so ein glück mit dir und diesen ausgezehrten menschen die frau zu halten die langsam anzukommen scheint als würde sie von unter der haut her repariert oder erzeugt denn schon zeichnen sich die bogen künftiger augenbrauen unter der stirn und über dem verführerisch in der leerfläche des gesichts lächelnden mund die vorformen einer nase ab

folglich: wirken hier. Kräfte, Robert, die: alles übertreffen, was man. Je auf solchen Kongressen gesehen. Hat schließlich wurdest. Ja auch: du. Zusammen. Gefügt erhieltest wieder. Deinen Arm (er schien nicht wirklich zu sein als er von der Trage auf den Schotter zwischen den Gleisen fiel) und. Durftest. Was ich musste: Erwachsen. Werden: so alt wie. Mein Sohn Konstantin, Robert, diese.

Zwei Sommernachmittage

SEELE BITTE

erscheinen von hier aus gesehen während wir uns im pulk der nackten vor den leuchtenden toren drängen den werdenden leib einer frau in den armen von der ich dir nur das beste sagen kann und das wenige

das ich weiss sie schenkte mir das letzte und ihre mutter, Robert, wärmte die erfrorenen unseres

Vaters

ich habe Angelikas Ring von mir geworfen wie all
die Tausende hier Ich sehe inmitten der begeisterten
von der ungeheuerlichsten Aussicht durchzitterten
Menge nahezu furchtlos und schon wie gerettet zu
den Nachmittagen zurück den tödlichen Nachmittagen meine Seele, Robert, die Lok die staubige und
rußverklebte Eisenwand die alle Aussichten ver-
schließt und drei Jahre zuvor jener so glücklich be-
gonnene Tag am See der dich aufs Gleis brachte,
Robert, an dem wir den mageren Fremden in unserem
Garten

erblicken mussten und hinter ihm die vergangenen
Höllen auf Erden: jetzt! Öffnen sich sämtliche

Tore.

III

: 13

Das Licht des GROSSEN SAALES kommt über uns wie
eine Lawine. Es überschüttet uns. Es durchflutet jede
Zelle unseres Körpers. Wir sind zur Flamme entzün-
det und erfroren vor Schreck. Wir sind brennender
Schnee. Wir sind nur noch: flackernde entsetzte ver-
zückte Gedanken und dennoch: an unserer Stelle.
Ganz ruhig. Nebeneinander. Wie ein Lichtmuster das
still: ins Zentrum einer Explosion. Gezeichnet wird.
In einem Sturm der:

Verheißung:

alles wird. Sich. Finden. Alles wird. Sich zusammen.
Fügen alles: hinter diesem Vorhang aus Licht auf den
wir gemalt sind der sich schon. Bald. Mit uns heben
wird, Robert, mein einmal. Zerstückelter. Bruder.

Die Umrisse des SAALES entstehen – wie nach Jahren erst – langsam. Aus der. Blendung und bevor wir.
Seiner recht. Ansichtig werden ahnen. Wir die enormen Ausmaße des. SAALES, seine arenahafte Geome-
trie seine. Kolossale, verschwenderische. Weite und
nicht für. Möglich gehaltene Höhe, ja auch. Schon,
dass er. Nirgendwo enden wird, sich. Hinaus verläuft
wie ein antikes. Stadion, dessen eine Hälfte zerfallen.
Ist so dass, es nun wie eine riesige. Hohl. Treppe oder

der zerbrochene, Bug eines Schiffes in. Die freie, Landschaft mündet wie seine Form. Ergießend oder, umgekehrt Himmel und, Sonne und Erde. In sich fasst, Robert, der du. Wie für. Immer neben mir im, Licht zerstrahlt. Bist, dort hinter der Wand aus. Schein erwartet, empfängt, begrüßt uns etwas das vollkommen neue. Verhältnisse herstellen wird. Mit unseren Körpern, mit unseren. Schmerzenden. Gehirnen mit dem, Leib der werdenden Frau in meinen Armen, es ist schon so deutlich, dass hier die Kräfte. Einwirken, die all diese Kongresse und Forscher und Ärzte und Geschäftemacher. Vor allem aber Millionen. Leidender sich wünschten, wenn ich nur daran denke wie du selbst, Robert, erneuert wurdest in den eisigen Wassern des Aquariums oder. Ozeaniums dieser Stadt hier aber, geschieht alles im hellsten Licht ich spüre den Balsam in meiner Schläfe kühl durch den Knochen ziehen bis hinter die geblendeten Augen.

Und es ist so, dass ich.

Wieder denken kann, was ich schon einmal dachte, dass ich. Mich entsinne, etwa an den Herrn Tan, der sein Leben lang nur *Tan* gesagt hatte, weil ihm etwas im Gehirn fehlte, das schließlich den Namen des Chirurgen tragen würde, der es. Sezierte ich weiss noch viel mehr ohne

MONITOR

alles was den Körper anging interessierte mich ein-

mal mit Eifer mit Begierde mit verzweifelter Leiden-
schaft als sei es darum gegangen oder als hätte es
darum gehen können die Dinge die furchtbarsten
Dinge

ungeschehen zu machen, Robert, in der ach so.
Großartigen Potentatenschaft eines. Arztes ohne
Berührung der. Die Wunde Zeit selbst. Schließen
könnte ich war nichts, Robert, nichts als Verzagen
und Scham und endlich auch. Gemeinheit die mich
schließlich zu dieser noch immer nicht. Atmenden
Frau in unserem. Arm führte aber. Sie kam mir so
nahe näher. Als auf allen MONITOREN und wir spra-
chen in den runden Hurenhausspiegel zu Füßen des
Bettes ohne Kissen uns selbst gegenüber wie auf
einem florentinischen oder venezianischen Tondo
eines abgefeimten Malers der sich an. Schwammigem
Männerfleisch und billiger Dekoration weidet aber
auch das nahezu schöne vom Leben gezeichnete Ant-
litz der Frau festzuhalten versteht ihren Kopf auf der
Brust des zu einem Mitverurteilten gewendeten ver-
fetteten Kunden im Augenblick der Wahrheit ohne
Perücke ihren wie von einem Feuer versengten Schädel bergend (wäre ich eine Mörderin müsste ich sterben von eigener Hand (schenke mir NICHTS, Christian)).

Jetzt aber: taucht aus dem Licht: aus der Gletscher-
helle: der strahlenden Flut: des Scheins: der gleißen-
den Blendung hinter der wir bislang erst ahnen dann

staunend seine schieren Ausmaße schätzen konnten
der GROSSE HÖR- UND SEHSAAL auf wie eine: ganze
Stadt.

: 12

Dass Sie, mein Freund, diesen Saal betreten, ohne den
geringsten Schreck, ohne die schwächste Blendung,
ohne zu zögern, mehr wie eine anorganische Macht
als ein beeindruckbares Lebewesen, lässt mich anneh-
men, Sie bräuchten nichts in der Welt zu fürchten, die
meine kühnsten Hoffnungen und Träume in klein-
liche Fantasmen verwandelnden Vorgänge des SAALES
rührten Sie nicht, es sei Ihnen auch ganz gleichgültig,
die lindernden, heilenden, rettenden Kräfte und Wellen zu spüren, die jeden hier durchströmen (Mein sich
ordnender Kopf. Die sich: aus meinen. Nackten Armen aufrichtende. Immer lebendigere Rohform der
Frau. Die mich. Mit dieser Stadt hier: beschenkte),
nicht einmal die gewaltige AUSSICHT verfinge bei
Ihnen:
   Tausende von Stufen, klinisch weiß blendend, zum
schwindelerregend tiefen Halbrund eines maßlos
großen Amphitheaters gefügt, wie ein in Form einer
gewaltigen Schale gewölbtes und geschwungenes
Kalksteingebirge, dessen feine, reich gegliederte Wes-
pennest-Oberfläche belegt mit Zehntausenden von

Körpern hinabzuwandern es wenigstens einer Tages-
länge bedürfte, die Länge dieses überglücklichen, er-
füllten Tages, an dem sich das Zerissene wieder fügt,
endgültig vielleicht, wenigstens aber zu einem Übergang in die Zone unermesslich tiefen, reinen Azur-
blaus, die die Stirnwand, die Saaldecke, die seitlichen
Ränder der arenaförmigen Stufenstadt einnimmt wie
ein Meer ohne Himmel oder ein Himmel, der mit
dem gleichfarbenen Meer darunter verschmilzt: ich
will nicht nachsinnen, mein Freund, weshalb eine solche Landschaft in einen einzigen Saal passt, welcher
aber womöglich im Übergang völlig verschwunden
ist, nur wenn ich mich umdrehen würde oder wenigstens zurückwenden, könnte ich vielleicht die Saalein-
gänge noch sehen, durch die die nackten Kongressteilnehmer strömen und verrückt werden, weil es
nicht zu verstehen sein wird ebenso wenig wie die un-
möglichkeit eines blickes in ihr gesicht, mein Freund,
oder deine unsichtbarkeit, Angelika, aber: das Geschehen auf den zahllosen Treppenstufen, an den Tausenden von Körpern, die allesamt unbedeckt auf den
wie Marmorplatten schimmernden Betten liegen,
nimmt mich so gefangen, dass ich mich nicht einmal
mehr wundern kann, wie das kalte Blut auf meiner
rechten Schulter (ich nannte es blut von gizeh: denn
es schien mir fern wie die pyramiden) sich wärmt und
dabei auch schon verflüchtigt:

Glaub mir, Gucia, möchte ich angesichts Tausender

von Menschen auf den enormen Halbkreisen der Bet-
ten- oder Liegereihen sagen, glaub mir, Gucia (als
wärst du schon wieder ein vollkommen geheilter Körper in meinen Armen und könntest deinen Namen
hören) – wir sind nicht in einem Krieg, sondern in der
Umkehr eines Krieges, dies ist kein Schlachtfeld, sondern die Umkehr eines Schlachtfeldes, keine Seuche,
sondern die Umkehr einer Seuche, ein katastrophal
herrliches Lazarett, eine Heilung im Ausmaß einer
Verheerung, ein Segen, der über Zehntausende
kommt wie ein Orkan, eine Springflut, die Lava eines
Vulkans so: still jedoch, mein Freund, so sanft unter
dem Azurblau der Himmelsdecke, dass man eine
ganze Weile benötigt, bevor man wirklich glauben
kann, hier geschehe die großartigste Umkehr und
nicht etwa das massenhafte Ausstellen der Opfer
einer Katastrophe: ein junger mann mit bläulichen er-
habenen schusswunden auf der brust (– die sich langsam wieder schließen): das zerstörte auge eines kin-
des (– sich in der tiefe der höhle neu ordnend zum
wunder das es war): schweißnasse zitternde glieder
(– ruhiger werdend): von pusteln blasen flecken beu-
len geschwüren tumoren befallene haut (– zur glätte
sich schließend): klaffende wunden (– die doch kein
blut mehr verströmen): zerissene gesichter verstüm-
melte hände beine in grotesken verrenkungen (– neu
sich fügend wie in einem rückwärts laufenden gött-
lichen Film): eine ungeheuerliche zynische Macht,

könnte man denken, habe Tausende um Tausende von Schlachtfeldern, Krankenbetten, Sterbelagern geholt, um sie in einer beispiellosen Installation und Arena zu präsentieren, säuberlichst auf weiße Rechtecke verteilt als: Enzyklopädie des Leids:

aber überall, während wir (aus unerfindlichem Grund zügig) Stufe um Stufe hinabsteigen, erheben sich Menschen von ihrem Bett und machen sich (viel weniger beeilt als wir) auf, um den Weg nach unten zu gehen – es ist wie in einem riesigen Stadion (nur größer), wie auf einem enormen Musikfestival (nur vollkommen still), eine Art langsamen Hinabrieselns der Menge aus allen Rängen von: erweckten, erhörten, erquickten, erlösten Nackten – es wächst Gras auf den Stufen, die Wände und die Decke des Saales sind nun ganz zu Himmel geworden, dies ist wie ein noch nie dagewesenes antikes Theater unter einer weltalltiefen ägäischen Frühlingsbläue, und während wir (Sie, mein dunkler Freund, wie ein Schattenkeil in unserem Rücken; Robert immer einige Stufen voraus, so dass ich in der frohen Gewissheit bleiben kann, ihn bald einholen und endlich mit ihm sprechen zu können – mit ihm als dem Ersten in dieser Stadt; Gucia, die langsam Heilende, nun bereits ohne Unterstützung gehend, an meiner Seite, mit schon vollendetem Mund und nun auch feuchten Asternflecken in der noch glatten Larve eines Gesichts, wo bald Augen sein werden): hinab: schreiten, hinab: stolzieren im

Berghang dieser Zehntausend-Betten-Tribüne, um die Sich-Erhebenden, Wieder-zu-Bewusstsein-Kommenden, Wieder-Hergestellten zu sehen, als seien wir selbst: die größten Chirurgen, die göttlichsten Chefärzte, die mythischen Pharmakologen, die Könner ohne Gestalt und Schatten, die hier an den Körpern wirken, an allen Körpern, Robert, dies hier ist das, was ich immer wollte, seit jenem Sommernachmittag, als wir vom Angeln kamen, seit dem Augenblick, in dem ich begriffen habe, was sich dort ereignete, so wie du es begriffen hast und es nicht ertragen konntest, noch weiterhin: ganz und unversehrt zu sein, aber jetzt, Robert, bist auch du wieder erweckt, und Gucias Haare werden bald wieder über ihre Schultern fallen, die schmal und leicht nach vorn gekrümmt sind wie die Schwingen eines schönen weißen Vogels, und sieh nur, wie:

: 11

Unter der nicht sichtbaren Sonne so viele erwachen und hinabgehen dass ich schon lange nicht mehr sagen kann wer von diesen Nackten einmal das ungeheuer Freie hier durch die Türen des großen Saales betreten hat also. Sind da keine Unterschiede mehr. Zwischen den Ärzten und ihren Opfern und den Erkrankten. Allein das Vorhandensein genügt. Die schier zu Tode. Erfrorenen erwärmen sich, Gucia, die Frühlingswärme. Gibt ihnen das Leben wieder wie einmal deine Mutter die sich. Aus der Siemens. Baracke meldete um. Auf die Reise nach Süden zu gehen. Auf einer der tausend Stufen befinden sich. Vielleicht. Gewiss. Auch ihre Freundinnen zu denen damals die Ärzte kamen. Deine Mutter, Gucia, überlebte nicht. Um deine Verzweiflung zu gebären. Sie konnte nichts für das was dich zerfrisst wenn du. Heute sagst du seist wie sie. Dann als Opfer einer ganz anderen Gewalt aber hier (Gucia, an meiner Seite im Wunderlazarett dieses riesigen Amphitheaters) sind endlich alle Gewalten gleich: verschwunden dies ist die größte. Vorstellbare: Zurücknahme. Selbst die Zerstückelten. Selbst die Verbrannten. Die von Explosionen Zerfetzten. Bald werde ich dich sprechen können. Dort unten in der Ferne wo die Betten schon allesamt verlassen worden sind und die Ordnung der blanken marmorweißen Flächen sich immer mehr auflöst um schließlich in einem unebenen Gewürfel zu münden ganz wie eine an der Küste unter dem Meereshimmel liegende Stadt (in einer Zunkunft in der ich schon einmal angekommen bin). Noch aber bin ich so gerne sprachlos so erfüllt so befreit dass ich nur sehen und für mich denken möchte:

Die Zahllosen, die nun keine Zahl mehr sind.

Die Vernichteten, die zu neuen Körpern erstrahlen.

eine kurze begegnung an einem heissen sommertag

ein tag genau so blau so ungetrübt cyankalisch schön wie unser angeltag am see, Robert, ich bin nie wie du gewesen nie hatte ich deine kraft als fünfzigjähriger noch musste ich beschämt den kopf senken vor dem was du herausgefunden hattest mit siebzehn

Deinem herabfallenden Arm, Robert. Wächst hier erst ein Gras zwischen den Hinabgehenden zu Füßen der aufgebahrt Gesundenden dieses in zarten Büscheln emporstrebende Gras mit den binsenähnlichen Halmen besetzt von fragilen weißen Blüten: zusammenziehend aufhellend schmerzstillend bei Krämpfen Katarrh erweichend erfrischend abschwellend gegen Hautreizungen man: nehme 10 g mit 200 ml Wasser zum Überbrühen lasse es 10 Minuten ziehen und bleiche damit die Sommersprossen und nähre die Toten auf ihren Wiesen, Robert

es gibt keine erklärung für diese vorgänge es sei denn man wollte sie als traum ausgeben im liegen geträumt zwischen den halmen des affodil oder im knien und fallen unter den kalenderblattpyramiden vor dem fenster zum pinienhügel, Gucia, mein ägyptisches blut das sich mit dem deinen vermischt:

Wir sind immer Körper, Robert. Deshalb können wir vernichtet werden. Deshalb geheilt. Aber nur wiederum: zum Körper. In den Jahren nach deinem Ende überlebte ich nur: wegen Angelika und dieser Idee: dass man den Körpern helfen müsse. Dass man nur: in den Körpern: Erlösung schaffen könne dass.

es dann eines tages eine verwandlung gäbe wie heute und hier auf den tausend rängen des stadions die wir ich weiss schon nicht mehr wie lange hinabgehen inmitten der triumphalen stillen erhebungen so vieler menschen

am Abend

ist die Frühlingsluft keine Spur dunkler geworden Noch immer stehen Liegende auf und schließen sich uns an auf dem Weg nach unten durch die Gassen zum Meer

durch die Gassen zum Meer.

Auch dieser Übergang: fast nicht zu spüren Die zum Meer hin hängende und stürzende weiße Stadt war meinem glücklich ermüdeten Blick lange nur eine Fortsetzung des Stufengebirges Jedoch weiß ich dass dies die letzte Stadt ist Die Stadt über deren Grenze man nur einmal geht Sobald man sich entschlossen hat Kaum sehe ich den wundervollen Sturz der Dächer und Gassen und blühenden Gärten zum Meer hin dieses ewige Ausgeschüttetsein einer Schatzkiste unter der Mittagssonne den stahlblauen Glanz des Wassers die Boote die um das Riff eines ufernahen Felsens gestreut sind wie die Splitter eines unvorsichtigen Gedankens Ist mir vollkommen klar dass ich mich schon seit längerem hier aufhalte dass ich folglich alles: diesen kleinen Park des Beginns diese Nachtwiese das Museum der Geburten jenes eisige Aquarium den erstaunlichen Kongress das gewaltige Amphitheater der Heilungen dessen Stufengebirge ich hinabzusteigen wähnte – von hier aus gesehen und besucht haben muss: sonst wäre es nicht die wirklich letzte und letzte wirkliche Stadt Also darf ich mich nicht wundern dass die Nackten des Kongresses verschwunden sind zu Gunsten (sommerlich gekleideter) endgültiger Touristen Dass mein Bruder Robert Seine ins Erwachsene transportierte Kopie vielmehr Mich verlassen hat Dass ich einen Sonnenhut und leichte Schuhe trage Dass es mir zumute ist wie in einem Urlaub der nie wieder nach Hause führt Dass die Leute Eis essen und kaufen und vor den Geldautomaten stehen Denn die letzte noch wirkliche Stadt ist auch die letzte Stadt in der alles wie gewöhnlich stattfinden kann Nur normalerweise Bemerkt man dies nicht Es sei denn es läge über einem Wie über mir jetzt Ein Schatten aus der Zukunft Vielleicht sind Sie das, mein Freund, auch wenn Sie jetzt vergangen zu sein scheinen wie mein toter Bruder Wir gehen steile gewundene Treppen hinab vorbei an weiß

gekalkten Mauern auf denen Katzen liegen wie pelz-
überzogene schlaffe oder vorübergehend betäubte
Agenten einer anderen Zeit Wir besehen die Speise-
karten-Vitrinen der Restaurants Wir mögen jedoch
nichts mehr zu uns nehmen oder doch Vielleicht ein
Brot, Gucia, und eine Flasche Wein.

: 9

Im LETZTEN MONITOR, zu dem es keinen Abstand
gibt: wir beide, Gucia, noch einmal: blendend, hell erfasst, großes Kino, endgültig, so still und friedlich, als
hätten wir: Koffer mitgenommen und würden nun die
lässlichen Strapazen der Anreise vergessen (den Flughafen die Zugfahrt das Taxi Wir hätten ein Boot nehmen können) und seien nun da: nebeneinander auf
der Veranda und du sagst Neapel war die Hölle aber
hier ist es
    als ob man auf dem querbalken eines auf die spitze
gestellten großen A's stünde aber wir haben schon
platz genommen auf den wackeligen holzstühlen unserer pension: von links her fallen felsüberhänge aus
den wolken übergehend in ockerfarbene villen auf die
ein sturz kleinerer dorfhäuser durchsetzt von schilf
zitronen- und feigenbäumen bis zum strand hin folgt:
rechts windet sich eine arabische muscheltreppe aus

dem himmel ins meer dicht auf dicht mit bögen kuppeln und balkonen bepackt die übersteigerung der idee eines einstigen seeräubernests: in höhe des querstrichs des umgekehrten großen A's jedoch weit entfernt glänzt die sarazenerklinge des horizonts die schneide blauen meeresstahls:

zwischen uns, Gucia, ein kleiner tisch mit einer platte aus rosafarbenen kacheln über die wie über den terracotta-fußboden vom grünen dach der veranda her blüten einer mir unbekannten kletterpflanze gefallen sind in form unbemannter weißer fallschirme (aus der zeit unserer hoffnungsvollen frühen sprünge): jetzt sagst du könnten wir urlaub machen urlaub in einem anderen leben aber wir haben nur noch dieses eine hier zu verlieren mit blick auf das sarazenische meer, Gucia, so gerne hätte ich dir meinen bruder vorgestellt meine mutter sagst du plötzlich: ganz polen ist für sie ein grab gewesen sagst du und: ich bin auch ein grab und: ein urlaub mit einer hure zählt nicht: und doch trinken wir einen caffè den uns die wirtin gebracht hat und haben wein gekauft: die zeit trennt dich und Robert und mich von deiner mutter, Gucia, der zeitschatten aus der zukunft fällt wie eine axt über das zitronenlaubgrün den juwelenschimmer der bougainvilleen das altrosa muschelkalkweiß pastellrot der wie zu kühn gemalten abstürze von häusern und felsen und kleinen bäumen zum meer hin: aschgrau getönt durch die kenntnis eines bergauf führenden pfades den wir bald gehen werden durch die erinnerung an den großen hör- und sehsaal den ich auf meinem weg zum stadion der heilungen durchschritten habe um wie durch ein nichts in diese vom himmel herabhängende stadt zu gelangen (das ende mit dem ausblick wie von einem gestürzten A):

dein schatten habe einen namen dieser schatten verfolge tagsüber wie nachts und liebe dich und könne dich töten ohne schwächer zu werden erst auf diesem letzten spaziergang entlang der küste erzählst du mir mehr von diesem schatten der auch dann noch an dir haftete als du krank wurdest unbrauchbar eine perückenhure wie du dich selbst verunglimpfst zwölf jahre hattest du diesen schatten: mann für den zwei kinder ungeboren blieben: als meine mutter starb ließ ich ihn in mein leben sagst du: als was als gift sagtest du und jetzt müsstest du selbst sterben um ihn abzustreifen: warum gibst du uns kein richtiges gift, Christian? fragst du mich wieder und wieder: aber:

Jedes Mittel Darf Nur Das Ziel Haben Zu Helfen Sonst Wissen Wir Nicht Was Ein Arzt Ist Und Was Ein Mörder, Gucia!

So bleibt nur. Das Geschenk das. Du mir gemacht. Hast. Der Wein auf dem Tisch heißt Tränen Christi viele Jahre lang bist du an deiner Mutter. Verzweifelt dass sie nicht einmal. Mit einem Kind gemeinsam in einem. Zimmer schlafen konnte schon ging sie wieder am Ufer des Siemens. Sees unter den Leichenschatten

der Kiefernwälder. Tausende von. Frauen ich. Konnte
niemanden. Beschützen nicht einmal. Meinen Bruder
stell dir den Tag vor an dem sich. Unsere Eltern be-
gegneten, Gucia, zwei Sekunden lang. Ein fast noch
junger kühler Arzt. Deine aus der Hölle ins Verder-
ben. Entflohene Mutter es ist vielleicht ein so warmer.
Tag wie heute und. Durch das Fenster vor dem Krankenrevier treffen sich. Ihre Blicke über ein. Goldfischglas hinweg in das eine Ascheflocke. Segelt,
Gucia, nichts

hilft. Uns mehr. Schon als wir uns trafen unter dieser gestürzten Glutschrift

S

E

X

fanden wir uns als verlorene und auch wenn du so
viel bessere gründe hattest als ich: deine nie wieder
gesundete mutter die fünf länder durch die sie mit dir
hetzte deine einsamen kindernächte ihr hass auf deine
schönheit weil sie fürchtete dass du werden würdest
wozu man sie gezwungen hat ihr tod und die krankheit schließlich dein schatten eine unerklärte trinität
wie zuhälter: bruder: mann der dir die letzten kräfte
nahm oder ein leben vor dir verlangte dass du gerade
ließest haar um haar.

Die Tränen Christi in dieser Nacht. Aus dem rausch-
dunklen Oval meines Sehfeldes hebt sich ein Frauen-
körper wie von einer Gemme aus Elfenbein immer:
heller in einer Haltung wie sich aufbäumend oder hin-
geworfen empfangend gebärend in lust oder schmerz:
alles auch dies hier ist nur noch erinnerung, Gucia,
unsere trostarmen trostlosen körper habe ich dir von
dieser bar erzählt mit den tränenlikören im weindun-
kel flüsterst du mir die vielleicht zärtlichsten worte
auf polnisch damit jede silbe an mir verloren gehe und
ich träume in deiner achselhöhle eingeschlossen vom
besten

Teil meines Lebens vor und kurz nach Konstantins
Geburt, Angelika, als wir noch studierten Ich war
dreiundzwanzig und bald schon Vater und im Augenblick des Vater-Werdens (dein blutiger weicher Kopf,
Konstantin, es tut mir so Leid dass ich) schwor ich
mir Zuversicht und fanatisches Studium Des Körpers
Der wichtigsten Dinge Des Glücks sogar Immerhin
brauchte ich fast dreißig Jahre um zu verrotten Wie
fing es an Mit was Falsche Fragen Denn es kam nur
wieder zum Ausbruch Als Opfer von Erinnerungen
Obwohl es die Erinnerungen anderer waren Hätte ich
forschen sollen, Angelika, und ständige Unruhe sein
und nicht mit dir zurückgehen dürfen in die kleine
Stadt der Rauchs in der ich Jahre brauchte um zu

begreifen dass du nie etwas anderes gewollt hattest als zurückzukehren und eine eiserne Kleinunternehmerin zu sein FLOTT nannten sie das Ich liebte dich einmal, Angelika, für unsere ersten Jahre als du zu verstehen schienst Aber nichts ist deine Schuld Nichts ist Roberts Schuld Ich bin noch nicht einmal ein berechtigtes Opfer meines Vaters sondern nur der Gefangene meiner Schwäche und Traurigkeit und Sucht nach todbringender

Vergangenheit, Gucia, in der Nacht beisammen liegend könnten wir zum Trost allenfalls die Köpfe ineinander stecken oder tauschen und du fändest womöglich keine Spur von Berechtigung einer wie auch immer gearteten Verzweiflung in meinem Leben als Pharmakologe Christian Rauch mit dem begabten Sohn der FLOTTEN Frau dem nachtblauen Wagen dem Haus am Waldrand im Familienbesitz und dem getauschten Namen

Wer sieht schon den inneren Menschen zusammengekrümmt wie einen Wurm

keine letzten träume keine langen gespräche mehr keine versuche zu zärtlichkeiten denen du nicht glauben könntest von welchem mann auch immer sie kämen es wären nur anschläge für dich von äußeren verbündeten deiner krankheit

zirpende grillen

radios

wein tränen

Ich möchte nur noch: Nichts von dem gesehen haben das nach unserem letzten Angeltag kam, Robert, aber: Man kann nicht vier Fünftel von sich beseitigen wo. Würdest du. Schneiden, Gucia, bevor deine Mutter verschleppt wurde bestimmt und jetzt. Sagst du: Ich hoffe er. Findet uns nicht ich hoffe du weißt wie du. Mit meinem Geschenk umzugehen. Hast. Es ist Unsinn in der Nacht Angst vor seinem Schatten zu haben, Gucia, es ist Unsinn. Den Strick zu fürchten wenn man ertrinkt aber du wirst es besser wissen

Nicht Noch So Eine Nacht

In der dein Schatten betrunken durch den Ort geht: den er finden konnte ich hätte es wissen müssen weil du mein geschenk als paket an diese pension vorausschicktest schon ein prospekt genügt und gar noch dein flugticket offen auf einem tisch: In einem weißen Hotel direkt an der Küste absteigt weiter trinkt nachdem er uns nicht gleich finden konnte und nun aufs Meer starrt das wir nur ganz entfernt hören können. So fern von allem was wir einmal wünschten Dein Bruder: Schatten: Mann hat begriffen dass er ohne dich zu Grunde gehen muss Aber mein Schatten, Gucia, ist etwas anderes Ein Freund aus der Zukunft Ein Führer durch die Poren der Zeit Eine große unmögliche Sicht auf:

diesen Morgen, diesen Vormittag vielmehr, an dem wir uns aufrappeln wie nach einem Sturm, der in unserem Pensionszimmer gewütet hat, um langsam und verworren nach unseren Kleidern zu suchen, um hinaus zu taumeln in einen brennenden Tag vor die Sarazenerklinge des Meeres, um an einem blühenden Felsen vorbei zu gehen, am Wrack eines Motorrads, an einer staubigen Palme, an der Schaufensterscheibe eines Cafés, in dem wir einen Espresso trinken bald schon erinnerlich als Dieses seltsame Paar das tatsächlich noch einen Espresso trank

Nicht Noch So Eine Nacht, Christian!

Als dieser kurzatmige schweißbeperlte rotbackige Kerl und dieses offensichtlich noch nicht ausgenüchterte ältere Flittchen Eine Treppe empor zu gehen deren Steingeländer in wie skizzierten unschlüssigen Linien immer am nächsten Haus zu enden dahinter jedoch wieder direkt in den Abgrund des Himmels zu führen scheint Sich Stufe um Stufe aufwärts zu tasten zwischen den kreideweißen Mauern den leuchtenden Gärten schiefen Zäunen mit einem so verengten Blick als trüge man einen eisernen Tiefseetaucherhelm, Gucia, du sagst mir nichts mehr als Nicht noch so eine Nacht! Dein lavafarbenes Kleid ist zerknittert Deine Schuhe sind bedeckt mit Sommerstaub Dein teures blondes Haar schimmert kühl um dein müdes Gesicht Und als ich dich einmal überhole pendelt deine Handtasche hart gegen meinen Ellbogen Das faustgroße Geschenk Eisen zwischen Lippenstiften Münzen Taschentüchern Reizgas einem deiner zerlesenen Romane und kurz bevor wir den friedhof erreichten gegenüber einem souvenirladen mit riesigen sonnenblumenähnlichen tellern in der auslage traten wir auf eine aussichtsplattform aus touristischem anstand vielleicht oder aus gewohnheit oder um zu spüren dass unsere behelmten skaphanderköpfe kein ausblick mehr traf nicht einmal dieser mitreißend schön zum zimtfarbenen strandstreifen geschüttete westteil des ortes dort, Gucia, an der balustrade gegen die wir uns schweigend lehnten um dann so zu tun als würden wir etwas sehen während wir das um die große haifischflosse des felsens gespaltene sarazenische meer sahen: dort muss uns dein schatten entdeckt haben der ruhelos durch den ort ging: so servierten wir uns ihm von weitem erkennbar an deiner in der sonne glänzenden perücke oder meinem krebsscherenroten gesicht deinem lavakostüm unserer letzten konstellation: als wir uns von der blinden aussicht abwandten und eine weitere treppe ein schmales gässchen den weg zum friedhof nahmen hatte sich dein schatten schon an unsere fersen geheftet aus dem überlegenen blickwinkel meines schattens, ein bester Freund, Gucia, betrachtet konnte man zusehen wie er uns umständlich aber todsicher folgte bald schon die aussichtsplattform betrat während wir noch über

den schmalen Friedhof gehen, Gucia, schlafwandlerisch befangen zwischen äußerst dicht stehenden schier übereinander getürmten Grabsteinen auf kiesbestreuten Pfaden Zypressen streifen uns wild wachsender Lorbeer ein Zitronenbäumchen über der spiegelnden kleinen Gedenkplatte für ein Kind es ist nichts in Sicht und es scheint auch keine Zeit in unserem Rücken zu geben kraftlos und doch zufrieden als seien wir schon die mit einigen Tropfen Bluts zu sättigenden Projektionen unserer alten Leben die wir endlich vergessen um uns an Bronzekreuzen Kerzenwachs staubigen Oleanderblättern moosdurchsetztem Granit geschliffenem Marmor silbernen Totenlaternen den sepiafarbenen emaillierten Fotografien Verblichener gütlich zu tun es ist eine Lust ein inbrünstiges Schwachwerden als könnten wir den kalten Stein beschlafen und uns in Kreuzeisen verwandeln oder ergießen wie heißes Wachs und unser Fett zu Weihrauch verbrennen, Gucia, Leute wie wir hießen einmal Muselmänner dort wo mein Vater wütete meine Muselfrau dein tagblindes erschöpftes Gesicht im Rahmen der Perücke scheint immer die gleiche Frage zu stellen

aus der sicht meines dunklen Freundes hätte man wohl mit einem blick uns und deinen eigenen feindseligen schatten erfassen können der noch verwirrt und wütend die umgebung der aussichtsplattform absuchte als wir den friedhof schon verlassen hatten und weiter bergauf gingen durch einen olivenhain dann immer steiler auf teils überwucherten pfaden zwischen den gärten du oft stolpernd aber immer hastiger voran, Gucia, als hättest du das sichanheften deines tödlichen schattens schon spüren können oder vor augen gehabt was sich uns auftun sollte sobald wir diese letzte wegbiegung genommen haben würden (eben jene stumme und wie ertrunkene stadt die schleifenwege im park die bar ohne trinkende die hohe wiese inmitten der häuser das museum der geburten jenes eiskalte aquarium und endlich der kongress auf dem du erneut erscheinen würdest unfertig zwar noch mit leerem gesichtsoval und doch schon bald hinausgeführt in die arena der heilungen)

auf dem überwachsenen pfad gingst du dicht vor mir her bis zur letzten wegkehre auf einem terrassenähnlichen vorsprung der uns deinem schatten: noch stand er unten auf der straße vor dem souvenirladen und hob sein für mich auf immer hinter einem vorhang von blut verborgenes gesicht: erneut präsentierte und er sah uns auch, Gucia, ein liebender der verfolgung dein zuhälter bruder (mann) würgend am gift seiner vernichtenden niederlage gegen:

dein hilfloses Lächeln das ich nicht mehr sehen werde nicht sehen kann nur die weißen Schuhe die sich in der Macchia verfangen deine Waden die eisenbeschwerte Handtasche die gegen deinen rechten Oberschenkel schlägt dein Nicht-noch-so-eine-Nacht-Christian-Blick das letzte kleine elfenbeinfarbene Haus in der Mittagshitze am Ende des Pfades ein aufgelassener Schuppen eigentlich nur um den herum

Gemüse ins Kraut schießt eine in den rostigen Angeln quietschende Holztür (vormittagsblau) unsere Schuhsohlen knirschen auf zersprungenem Glas dann:

: 7

Ein Licht. Quadrat im rechten oberen Viertel des Bildes Fenster davor. Dein Schatten, Gucia, hinter. Deiner Schulter der Blick auf. Pinien hangaufwärts vom Mittags. Licht zerstrahlt ein uraltes. Sofa ein Stuhl Gartengeräte Spinnweben. Um die Zinken einer Harke hier. Können wir nicht. Mehr weiter gehen: Nicht noch. So eine Nacht, Gucia, nicht: deine zitternde Hand in. Der Tasche mein sechskammriges. Geschenk organisiert wohl von. Deinem Schatten (wo sind Sie, mein Freund) bestimmt für. Unsere Heim: Reise vielleicht. Ins Aquarium wir. Kamen schwimmend in. Die Welt, Gucia: Wie kamst du. Darauf so theaterhaft. Zu sagen wäre ich eine Mörderin müsste. Ich sterben von eigener Hand also: Umfassen deine schweißnassen schlanken Finger das Geschenk kühles einläufiges. Metall. Noch aber denkst. Du ich. Wäre ein. Wahrer Kleist jedoch falle ich schon. Auf die Knie vor dir. Wie seltsam denke ich links. Hängt hier: ein Kalender. Auf dem die Pyramiden von Gizeh abgebildet. Sind ausgerechnet. Viertausend Jahre Zeit jetzt. Wo wir bald. Keine mehr haben müssen, Gucia, ich weiß nicht. Was mein Bruder sagen. Wird ich. Kann niemanden heilen töten wie du. Glaubst ich weiß. Dass du nur aus Ungeschick oder ganz mechanisch den Revolver hältst. Wie man ihn zum Schuss halten muss und. Es sind waren. Meine Hände die. Deinen Zeigefinger gegen den Abzug

Drückten. Ich glaube, alles wird von hier ausgegangen sein, von diesem unmittelbar nach einem Knall, den ich niemals hören werde, entstehenden vollkommen stillen Augenblick im denkbar hellsten Licht, in dem es keinen Schmerz mehr gibt und Zukunft nur noch wie zwischen der Spitze eines rasenden Pfeils und einer Zielscheibe, nennen wir sie ruhig meinen Kopf und den Pfeil eine Kugel, Gucia, das ägyptische Blut auf meiner Schulter wird in meinem Leben nicht mehr trocknen, fürchte

dich nicht

es gibt nämlich nur: noch wenige

Rückstürze: wie diesen hier, in dem ich endlich wieder: meinen Bruder reden höre, Gucia

an einem Sommertag, Jahrzehnte entfernt, im Garten unserer Eltern, schieben wir die Fahrräder über den Kiesweg: Zehntausend Steine unter unseren Reifen: die Fische im Drahtkorb auf deinem Gepäckträger, Robert, mit ihren Eisengrimassen, können sich nicht fürchterlicher anstarren als diese beiden kahlköpfigen bebrillten Männer neben dem Wagen, an

denen ich, dich überholend, vorbeigehe auf unsere
Mutter zu: ihr Blick will mich in den gelben Bungalow
hineinziehen (für immer blenden), in die Lüge retten,
die sie selbst bald schon zerfressen haben wird: aber
kurz bevor ich sie erreiche, heben sich die Stimmen
der Männer, um sich nicht mehr zu sagen als:

HÖREN SIE! (Vater)

APPELL, HERR DOKTOR! APPELL! (der Verfluchte,
der Verschollene, der bald wieder Verschwindende,
den du, Robert, einige Zeit später suchen und finden
solltest, um zu HÖREN, wo es doch kein SEHEN mehr
geben konnte)

Traumhaft irrsinnig: die sich anstarrenden Männer,
ihre verhärteten Gesichter, dein fragender Blick,
Robert, die toten Fische auf dem Gepäckträger, der
nicht weichende, nichts mehr sagende Fremde, der
langsam und ohne den Blick von unserem Vater zu
wenden seine Kleider abzulegen beginnt, systema-
tisch, unangreifbar, steingesichtig, an einem Julitag:
sein graues Jackett gleitet auf den Boden, seine Hose:
DIE KINDER! (unser verschwindender Vater), aber
dem Fremden sind wir gleichgültig, zu Recht, denn er
fügt niemandem etwas zu, er beendet nur (wie Sie,
mein Freund, jetzt, in diesem elfenbeinfarbenen Haus
am Meer, in dem ich noch knie, obwohl das Blut über
meine Schulter rinnt), er zeigt nur, er steht nur für:
die Unauslöschlichen

während: mein Vater verschwindet indem er: so

lange tatenlos auf den Fremden starrt bis sogar ich nicht nur du, Robert, sein Unrecht in seinem eigenen Garten vor seinen eigenen Kindern und seiner Frau seinem Wagen seinem großen Bungalow spüren kann und muss wie er: wutzitternd schamzitternd auf den Fremden zu geht als wollte könnte er ihn schlagen aber rasch wieder Abstand nimmt und nun: mehrere Male diese Bewegung wiederholt die eines aufgebrachten Mannes der sich auf einen anderen stürzt und nur im allerletzten Moment gerade so viel Beherrschung aufbringt um sich abzuwenden einige Schritte davonzugehen bevor ihn seine Wut zurück gegen den anderen wirft, die Wut eines jämmerlich an seiner Leine zerrenden bebrillten Hündchens das der Schmerz an der Kehle reumütig umkehren lässt dann aber schon gleich darauf wieder gegen das Objekt seines Hasses sich schleudert bis zur würgenden Grenz: Schlinge

Wer ist das, Vater?

Roberts Kinderstimme, Jugendstimme vielmehr, endlich hörbar, so vernehmlich, dass sich meine eigenen Kinderhände wieder um die kittgrauen Lenkergriffe des Fahrrads schließen, in einer so ungeheuerlichen Nähe, als hätte sich in jenem elfenbeinfarbenen Haus an der Küste das Bild – hinter Schlieren ägyptischen Bluts: deine vom Rückstoß erschütterte und gleich darauf wie gelähmte Gestalt vor dem Fenster, Gucia, die mir den Arm noch entgegenstreckt – wie unter einem Axthieb gespalten, eben den weiten leuchtenden Sommertag hervorbringend, die Sekunden, in denen ich, auf meinen Vater und den Fremden starrend, die Griffe umklammere

die Stunden in denen der Fremde unverrückbar auf dem Kiesweg neben dem Wagen steht auf dessen Motorhaube er seine Kleider (Hose, Jackett, Hemd) säuberlich übereinander geschichtet hat um dann (mit einer mich noch mehr erschreckenden Bewegung) seine Schuhe darauf zu stellen damit klar werde dass er sie nie wieder anziehen würde dass er stehen bleiben würde nur mit seinen verwaschenen Shorts bekleidet APPELL, HERR DOKTOR! APPELL! Er hatte schon viele Nächte gestanden Nackt Es ist doch nur ein Sommertag Es regnet nicht einmal Es ist einer dieser Nachmittage und bald frühen Abende den wir auf der Terrasse verbringen würden stünde da nicht regungslos dieser hagere Mann wie eine nackte Schaufensterpuppe auf dem Kiesweg zwischen Wagen und Rasenfläche Es gibt

keine. Erklärung für. Kinder, Robert, es. Ist etwas in. Unser Haus gekommen wie. Eine Kälte

Starre eine gestaltlose bedrohung ein ständiges zerbrechen von dingen deren vorhandensein man gar nicht bemerkt hat und deren scherben lautlos fallen und unsichtbar: unser vater, Robert, verschwindet immer mehr für mich: schon an diesem nachmittag und frühen abend: weil er nichts zu tun weiß: weil er in der küche auf und ab geht wie ein käfigtier (was für ein falsches bild, Robert!): weil er die beiden fische die du vorsichtig auf das blanke metall der spüle gelegt hast als sollten sie wieder lebendig oder bitte nicht geweckt werden ansieht wie: Leichen wie: Boten: wie den Fremden im Garten: es hilft nichts: uns zu befehlen auf unsere Zimmer zu gehen: so werden wir nicht ruhig: so spähen wir nur durch die Jalousien hinaus zu dem Regungslosen.

: 6

Stundenlang. Wir sind keine: Ruhigen. Kinder, Robert, nie. Wieder ruhig seit. Jenem Tag bis
    jetzt, Gucia, denn vor dir auf den knien herrscht die ruhe nach dem schuss während der langen reise des projektils zwischen den berstenden wänden: meines schädels: ich sage dir, Gucia, sei dir jetzt dein eigener: Schütze: denn ich konnte es nicht ich konnte nur: deinen finger auf den abzug drücken damit du: die mörderin bist die du töten könntest oder: musst in jenem elfenbeinfarbenen kleinen haus an der küste durch das fenster sah ich den pinienhügel und die pyramiden von gizeh auf einem kalenderblatt und deinen schatten, Gucia, vor der wand hinter einem blut: schleier
    Durch den ich nun so klar den späten Nachmittag

jenes Sommertages sehe dass ich ebenso gut dort sein könnte wie hier und so gehört es sich ja auch Anfang und Ende sind gleich fremd gleich erschreckend und doch ohne Schmerz denn ich begreife nicht was der Fremde im Garten uns tun kann weshalb man Koffer packt und telefoniert als stünde das Haus in Flammen weshalb man uns verbietet von unseren Zimmern in den Garten hinauszuschauen und weshalb doch unser in der Luft verschwindender Vater sich vor deinen Augen, Robert, in etwas so Massives und Ungeheuerliches so Schweres verwandelt dass du bald nicht mehr in seiner Nähe wirst atmen können als wäre er aus dem furchtbaren Metall eines blutbesudelten alten Planeten auf dem man Kinder wie uns lebendig ins Feuer warf es ist dieser Unterschied zwischen uns, Robert, der vielleicht alles vernichtete zuerst weil ich jünger war und viel weniger als du begriffen habe dann weil du mich verlassen hast aber eigentlich doch weil ich niemals deine Kraft hatte niemals deine Energie niemals deinen Willen zur Wahrheit mit dem du plötzlich

aus dem Fenster kletterst im Abendlicht auf den Fremden zugehst der schon etwas anderes geworden ist nach drei regungslosen Stunden der Mann in unserem Garten der Unermüdliche der Unzerstörbare Mann in uns, Robert, du hast gerade noch fünf Minuten bevor der Polizeiwagen kommt (das sehe ich während ich auf deinen sich entfernenden Rücken sehe so wie ich weiß dass ich doch nur ein nun schon nicht mehr aufrecht kniender sondern auf alle viere gestützter kopfblutender Mann bin vor deinem Schoß, Gucia, vor dem Hunderte gierig gewinselt haben) aber womöglich kam der Wagen auch weil du hinausgegangen bist und keiner es wagte dich zurückzuholen

Fünf Minuten die du bei dem Fremden standest Dein schmaler Rücken in einem kurzärmeligen Hemd Der Sommerabend liegt schräg über dem wie eine enorme große Waffe schimmernden Mercedes Der Mann der seine Kleider und Schuhe auf die Motorhaube gestellt hat sieht erst zu dir als du ihn schon berühren könntest Er scheint zu lächeln Verzerrt aber es könnte ein Lächeln sein und ihr scheint nun zu reden verhalten ruhig wenige Sätze die keiner von uns hört von uns im Haus von dem du dich, Robert, mit so wenigen Sätzen endgültig entfernst als stündest du und dieser hagere fast nackte Mensch auf einer davonrasenden kiesbedeckten Eisscholle in diesem gestreiften Abendlicht WAS HAT ER DIR ERZÄHLT WAS HAT ER DIR GESAGT HAT ER ETWAS GESAGT WAS HAT ER DIR GESAGT ETWAS HAST DU IHN DOCH GEFRAGT HAT ER ETWAS GESAGT WAS HAT ER DICH GEFRAGT unnötige Fragen unnötige Worte unnötig wie das Blaulicht das auf dem Dach des über Zehntausende hart knirschender Kiesel rollenden Polizeiwagens flackert die Angststille des Sommerabends in eine gefährliche Rotation versetzend in ein rasendes

Lichtmühlrad in fast waagerecht schneidende kobalt-
blaue Ventilatorenflügel das Stroboskop der Zeit das
uns unermüdlich zerhackt während wir ruhig zu stehen meinen und atmen

+ + + als ich 11 jahre alt war + + + im sommer
1961 + + + verhaftete man im garten meines vaters
des arztes dr. x. einen exhibitionisten von dem nie
etwas in der zeitung stand + + + der nicht angezeigt
wurde + + + der auch nichts gesagt hat + + + we-
der über sich noch über dr. x. + + + nur meinem bruder robert vielleicht + + + dieser endete wie in der
zeitung stand + + + am 27. august 1964 unter einem
zug in + + + selbst + + + tötung.

: 5

Ich hätte es nur einer frau erzählen sollen dir, Angelika, die ich auf diesem kongress verloren habe oder
auf einem der kongresse einer der sitzungen hochzei-
ten kindstaufen in tausenden von ehenächten zuvor
nur dir oder noch einmal nur dir wie damals in unserem studentenzimmer nackt beieinander liegend mit
noch mageren noch hungrigen körpern dein glühen-
des gesicht die wie unstillbare geduld mit der wir re-
deten zuhörten uns in uns für jahre hin täuschten und
ich erzählte dir:

Wie es war im. Haus von Dr. X.: nachdem man den Fremden. Aus: unserem Garten enfernt. Hatte in den. Blaulichtmühlen: Flügeln an. Einem Sommerabend in. Der Nacht packte man Koffer und. Telefonierte. Und. Schrie sich an während du, Robert, mir: nichts erklärt. Hast weil du noch: nicht ganz. Verstehen konntest aber als. Es dann hieß ER HAT NICHTS GE-SAGT ER HAT ÜBERHAUPT NICHTS GESAGT ES IST GUT so war nie wieder: Etwas gut, Robert, und mein. Vater hieß Doktor X. und. Mutter trank. Sich stille weiße Flecken in: die wirre Landkarte. Ihres Gehirns:

ich hätte es nur einer frau erzählen sollen dir, Ange-lika, vielleicht eben noch einmal dreißig jahre später als sich unsere betten schon lange in schlafzimmern verschiedener stockwerke des hauses befanden und nicht dir, Gucia, vor dem schimmernden abgrund eines hurenhausspiegels der am fußende eines bettes ohne kissen und decken hing wie der kreisrunde zu-gang zu einer welt silberner flüssiger höllenkörper (ich bin schon fast dort jetzt endlich, Gucia, während du vor dem Fenster durch das man den Pinienhügel sieht zurücktaumelst als so rasch und leicht von mir gemachte Mörderin):

wie diese. Drei Jahre. In dem bungalowähnlichen. Haus von Dr. X. und. Seiner alkoholkranken Frau und. Seinen Söhnen. Vergingen drei Jahre Hass in de-nen. Ich dich, Robert, fassungslos. Bewunderte: wäh-rend ich nahezu. So unsichtbar wurde: wie Dr. X. den.

Ich kaum mehr. Spürte so wie. Der Schatten des: fremden fast nackten. Mannes der immer. In. Unserem Garten: blieb du, Robert, hast ihn. Studiert ich sah. All die Bücher. Auf: deinem Schreibtisch die Studien. Fotos deine. Unerlaubten Reisen man: drohte dir mit dem Erziehungsheim deine Kraft: den Dingen. Auf ihren blutigen. Grund zu gehen (die ich erst hatte, als ich auf deinen Zeigefinger drückte, Gucia, und damit deinen Schatten herbeirief, ich sehe ihn den verwachsenen Pfad emporrennen) bis. Du gelesen. Gehört gefunden: hattest bis. Du und Dr. X. immer fürchterlicher. Strittet und im Fernseher zeigten sie den neuen Tausend. Markschein und Schlachtkreuzer: im Golf von. Tongking Tod. Auf den Schienen, Robert, ich: schrie. Nicht ich. Weinte erst Tage später: ich hätte nur einer frau erzählen sollen wie man dich an mir vorübertrug auf einer bahre von der dein arm herabfiel getrennt von dir so absurd getrennt wie ich nun losgerissen war von der stadt des dr. x. von dr. x. selbst von unserer mutter von dir, Angelika, in Gucias müden armen fett geworden zu alt um alt werden zu können ich wünsche dir, Robert, dass du über der stadt geflogen bist als man dich auf der bahre davontrug wie ich damals als ich noch im museum lag auf dem boden des saales EMPFANG und in mir selbst gewendet wurde um hinabzusehen woher ich kam wie ein im flug sterbender vogel die bahngleise die sich verkleinernden dächer im grün des sommerwaldes blinkt noch der see, Robert, in dem wir schwammen und angelten was ist die: luft unserer luft?

: 4

Und jetzt endlich: bist du wieder so nah, Robert. Wir sitzen auf dem Boden, auf der bloßen Erde einander gegenüber, so dass sich unsere Fußsohlen berühren könnten, es ist warm, lind, strahlend und grau, wie ein sonniger Tag in einem Schwarzweißfilm oder einer verblassten Erinnerung, aber von jetzt an, da bin ich mir sicher, wird uns nichts mehr trennen, wir sind: in der gleichen Stunde oder wenigstens kurz davor, die Zeit zu teilen, und so wie wir auf der Erde sitzen und uns fast schon spüren können, werden wir bald, im nächsten Augenblick vielleicht schon, miteinander reden, denn auch wenn du jetzt noch nichts sagst, habe ich den Eindruck, du könntest mich hören

Ganz wie Sie, mein dunkler Freund, in diesem elfenbeinfarbenen Haus an der Küste. Gibt es Sie dort noch? Die zurücktaumelnde Gucia. Deren eigener Schatten auf dem Weg zu uns ist. Ägyptisches Blut es

scheint ein großer Freiraum zu sein, der uns umgibt, Robert, der es uns erlaubt, siebzehn Jahre alt zu sein und fünfzig in einem Atemzug, dein junges schmales Gesicht strahlt Ernst und Würde aus, ich bin so alt und doch wie immer der Jüngere, sitze im Staub wie ein riesiges Kind, und meine Jahre und Jahrzehnte sind nichts als Fett geworden, träge, vertane Zeit, du siehst mich an, als wolltest du eine Frage stellen (als könntest du mich noch nicht so gut erkennen wie ich dich oder als sei ich unterwegs zu dir), wenn du die Zeit nach deinem Tod nicht sehen kannst, dann muss ich dir erzählen, in welchen Zustand ich geriet, damals, mit vierzehn Jahren, war ich halbiert, Robert, ich blutete mich täglich aus (wie jetzt nun endlich zu deinen Füßen, Gucia)

und Dr. X., der meinen Vater verschlungen hatte an diesem Tag im Garten hatte nun auch dich auf dem Gewissen also floh ich, Robert, und ich bin nur noch zwei Mal in den gelben Bungalow zurückgekommen nur für wenige Stunden nachdem sie mich erwischt und eingefangen hatten niemand konnte mich dort halten und so lebte ich in Heimen Internaten die Dr. X. bezahlte aber ich studierte ohne sein Geld heiratete ohne sein Geld lebte ohne sein Geld und ging nie wieder in seine Stadt, Robert, nicht einmal als unsere Mutter starb die womöglich auch nie die Frage gestellt hatte deren Beantwortung dich tötete und deren Nichtbeantwortung mich.

Es ist ein sonniger Tag, Robert, und durch das graue Licht, das zwischen uns fällt und uns umgibt wie ein nicht spürbarer Regen oder leuchtende Schleier aus Seide und Staub, lächelst du mir zu so ruhig und gewiss, als hätte es gar nichts Besseres geben können, als sich mit siebzehn Jahren vor einen Zug zu werfen, es ist ein großer weiter Platz, auf dem wir uns befinden, eine enorme Leerfläche der Welt, ein schon lange wartendes oder vielleicht nie mehr begehbares Areal, beinahe funkelnd in der wie fotografierten grauen Sonne, und plötzlich – als sei ich noch einmal imstande, im Flug über mir zu sein (und. Zugleich mit. Mir wie in dem. Knienden dessen. Blut auf. Seine: eigenen Hände tropft wer. Sieht deinen keuchenden Schatten, Gucia, schon. Dicht vor dem elfenbeinfarbenen Haus. An der Küste schon. Kurz vor. Der Tür die. Den Knall unseres. Schusses kaum: dämpfte), während wir beieinander auf der Erde sitzen wie in den Tagen, bevor sich unser Vater in Dr. X. verwandelt hatte, plötzlich habe ich einen Gedanken von hoch aus der grauen Luft in bedrohlicher Schräge auf uns hinab, gekippt, segmentiert, staubig verglast wie von der Pilotenkanzel eines Weltkriegsbombers (April 1944): der weite Platz, die sein Kopfende krebsscherenhaft umschließende Front des Wirtschaftgebäudes, die Pappelallee am Fußende, zwischen den Baracken, siebzehn auf jeder Seite der Allee: es ist ein sonniger Tag, Robert, ich spüre den Kies unter meinen Händen, die strahlende Luft flirrt wie von nur noch kurze Zeit nicht sichtbaren Präsenzen, ein Murmeln, kaum vernehmlich und doch ganz dicht hinter dem Vorhang der Stille, zeigt, dass an diesem Ort alles wieder ausbrechen kann, dieser Ort, Robert, ist der unverwechselbare, unauslöschliche Ort, an dem wir uns wiedersehen mussten, weil jeder von uns hier nur ohne den Anderen war und über diesen weiten Platz ging, in dessen Mitte wir nun beisammen sitzen

erst zwanzig jahre nach deinem tod konnte ich diese leerfläche ertragen aber es war mir als stünde der ganze platz senkrecht in der luft und als hätte mich eine große faust gegen diese ebene geschleudert wo ich angstzitternd für den bruchteil einer sekunde klebte oder hing vor dem unvermeidlichen sturz hinab an den gleichförmig tödlichen rand:

ein Rasenstreifen, der betonierte Laufgraben, graue Masten verspannt mit Stacheldraht: doch jetzt, Robert, fühle ich mich frei und leicht, und die Perlen: Luft um uns her ist wie das Schimmern der Wahrheit in einem riesigen Gehirn, wir erheben uns von der Erde und werden stehen

aber noch bevor wir uns ganz aufgerichtet haben flüstere ich dir den rest meines jämmerlichen lebens ins ohr wie ich also studierte eine frau fand die ich mit meiner idee einer frau verwechselte einen sohn zeugte den ich mit dir verwechselte einen beruf hatte den ich mit meiner idee verwechselte ein arzt ohne berührung zu sein in der falschen stadt lebte als rauch unter den Rauchs ich verwechselte mich, Robert, und das war es doch was wir immer wollten wir beide die fanatischen waisen des dr. x. die wir unsere eltern bei lebendigem leib in uns begruben damit sie uns nicht ermorden konnten aber sie schafften es doch:

Das ist meine Lüge. Nur du, Robert, bist an der Wahrheit gestorben.

APPELL, HERR DOKTOR, APPELL! während wir Seite an Seite stehen, überschüttet vom Licht vieler Tage, das sich verdichtet und wieder erhellt, fast wie Nebelschleier den Blick verhängt, aber so stark leuchtet, dass die Dinge ihre Farben verlieren und ihr Grund durchscheint wie die Rippen und Äderungen von Blättern, die man gegen die Sonne hält: sollte ich dir rasch noch den Rest meines Lebens ohne dich schildern, diese kurzen sechsunddreißig Jahre, oder auch nur deren Rest, den ich mir selbst gegeben habe:

am ende meines letzten urlaubs mit der einmal schön gewesenen hure Gucia die ich unter einer neonschrift im schnee kennen lernte und fast lieben in unseren halbnächten und viertelabenden vor dem magischen diskus eines spiegels durch den uns dein bruder: schatten: mann betrachtete dein ohnmächtiger zuhälter wie wir uns verabredeten den tod zu suchen an der küste die du wenigstens einmal in deinem leben sehen wolltest, Gucia, Robert, ihre haare waren verloren und nun auch ihr ganzer rest körper und dies ist der rest des restes: eine frau hält mit zitternden händen einen revolver und vor ihr knie ich gieße das blut aus meinem kopf und der schatten der frau der uns

zwei tage lang verfolgte stürmt durch die blaue tür
mit seinem windzug ein kalenderblatt von der wand
reißend darauf die pyramiden von gizeh.

: 3

APPELL, HERR DOKTOR, APPELL! Es gibt keinen
Zweifel mehr über den Ort, es gibt nur noch. Die
letzten und. Die entscheidenden Zweifel, während
wir hier in den Lichtwellen der Tage und Jahre stehen
in der Flut der Zeit über dem Menschenfresserplatz,
der erstorben ist, eingefroren, versiegelt, den man
zuschütten könnte, tiefer ausgraben, betonieren, aber
nicht zerstören (nie kann man einen Platz zerstören):
so stand der Mann in unserem Garten, Robert, hier an
dieser Stelle, APPELL, auch die Toten waren mitzu-
bringen, die Kranken, die Sterbenden, jeden Morgen
die neuen Toten, APPELL, Robert, vor den Baracken
in der Allee der Silberpappeln, deren Astwerk wie das
Gerippe ausgeglühter Flammen in den Himmel em-
porsticht, in einem Flackern der Zeitlichtwelle (plötzlich das Haus, Gucia, etwas ist noch sichtbar ein.
Kampf mit deinem Schatten. Du hast. Den Revolver
auf. Ihn. Gerichtet.) nur wir beide sind heute auf dem
Platz, heute, an diesem sonnigen Tag im Flackern der
Zeit aber stehen Tausende, kahl geschoren, in ge-

streiften Hosen, schmutzstarrenden dünnen Hemden, in einer Winternacht, bis der Morgen graut und neue Erforene von der Erde gerissen werden: APPELL: ich kann sie nicht sehen, Robert, ich ahne sie nur: Tausende um Tausende und so viele von ihnen im Vertrauen auf die Zukunft: auf uns, Robert, aber ich konnte. Nur dahinleben und träumen von: einem Stadion der endgültigen. Heilung: von Ärzten ohne. Berührung. Vielleicht siehst du noch eine Gestalt in meinem Rücken, der dunkle Freund, der mich. An diese Orte führt an denen. Niemand mehr atmen kann wo. Müssen wir beginnen, Robert? Noch immer sagst du. Nichts, bewegst du nicht die Lippen, bist du vorhanden und. Nicht vorhanden. Wir sind mit einer einzigen Frage an diesen Ort gekommen, allein, im Abstand. Von vielen Jahren. Wusstest du, weißt du die. Antwort? Hast du sie schon von dem Mann in: unserem Garten erhalten, damals. Ohne gefragt. Zu haben ich. Glaube: nicht, Robert, aber du bist auf die Suche gegangen, du. Hast mit den Unauslöschlichen geredet, du hast nur mir: nichts gesagt, ich war erst vierzehn. Als du dich vor den Zug warfst aber

nun wäre es an der zeit gemeinsam gehen wir über den platz betreten ihn erneut vom eingang her öffnen so leicht die tür die in den angeln schwingt in Augenhöhe entfernt sich die Eisenschrift

R B E I T

CHT FRE

du gehst vor mir her, Robert, durch die schreiende leere der gegenwart dieses platzes in der nur sichtbar wird was wir wissen: ein sommertag im krankenrevier, Gucia (als müsstest du sie kennen, Robert, als könnten wir bald zu dritt miteinander sprechen), an dem dr. x. über ein goldfischglas hinausblickt einen krankenpfleger an der seite der für goldzähne mordet und in seinem rücken die fiebernden denen er die glasglocke mit den mücken bringen ließ bayerische malaria, Robert: war es das was du herausfandest die Besuche des Dr. X. bei Dr. R.?: in den winternächten die nackt auf holzpritschen gefesselten die man mit kaltem wasser überschüttet: in eiswassergefüllten bottichen treiben schmerzbrüllende gefangene: die absichtlich aufgeschnittenen und zum faulen gebrachten gliedmaßen: die aus 15 000 meter höhe hinabspringenden direkt am boden in der unterdruckkammer bei ihren letzten krämpfen ihrer sektion gefilmt schädelschnitt offenlegung von luftembolien in den hirngefäßen: Was wissen wir, Robert, außer dass Dr. X. keine Eltern hatte und wir halbierte Enkel waren mit einer Todes- und einer Lebenshälfte fast schon glücklich verwaist nur in der falschen Generation. Was sagt das wieder verschwundene Papier das du fandest adressiert an Dr. Y. der zum Ärzteprozess nicht vorgeladen werden konnte weil er als verschollen galt – vielleicht nur ein (von der Erinnerung ans Sezier: Messer gelieferter) ehemaliger Freund des

Dr. X.? Ist das Erschrecken vor dem Fremden im Garten ein Indiz oder schon ein Beweis? Was sagt uns die Erleichterung darüber dass er der Polizei nichts mitteilte und die Furcht davor dass er dir etwas erklärt haben könnte? Was hat er dir erklärt, Robert? Was hat er gesagt.

Immer noch. Antwortest: Du mir nicht sondern gehst durch das Lichtflackern vor mir her: Nur: die Baracken der ersten Reihe sind stehen geblieben. Auf die Erinnerung wartet die Leere in den Waben der Bretterverschläge in dem schmalen Raum mit den in Reihen aufgestellten Kloschüsseln in dem. Noch schmaleren Raum mit den emaillierten eisernen Waschbrunnen (Touristen warfen Münzen hinein um sich: einen schönen Tod für zuhause. Zu wünschen?) für Hunderte, Robert, dreh dich um und. Sprich mit. Mir. Denn: Sprache macht frei, Robert, Zeit. Flut in meinem Gehirn des. Sohnes des Dr. X. dem. Niemand auch du nicht den. Prozess gemacht hat ein. Goldfischglas im Fenster des Kranken: Mord: Reviers und noch einmal treffen sich: zwei Sekunden lang die Blicke von Dr. X. und deiner Mutter, Gucia, es ist. Winter die Gefangenen heizen mit den Holzschuhen: der Toten, die Typhusleichen halten sich frisch draußen am Rand der Lagerstraße, Gucia, deine Mutter, aus Ravensbrück beordert: wärmte die. Eiskalten Leiber des Dr. R.

Stumm gehst du auf dem leeren Kiesband zwischen

den Ruinen zweier Blocks von denen wie auch von den anderen Baracken nur noch bordsteinkantenhohe Umfriedungen erhalten sind: Gräber und Waben der Vernichtung. Etwas Seltsames, Robert, geschieht hier mit der Zeit mit den Farben der Umgebung der Landschaft mit unseren Körpern etwas wie ein glückliches stilles: Zerbrechen und ich fühle mich immer freier und erleichterter denn alles beginnt klar: zu werden aber bevor du noch schneller vorangehst will ich dir endlich auch sagen dass wir Unrecht hatten uns zum Tode zu verurteilen als Söhne des Dr. X. gerade du, Robert, denn du hättest werden können was ich nur werden wollte es ist eine neue Wärme in den Bildern eine glücklich zunehmende Durchsichtigkeit des grauen Lichts vor den Zäunen und den mit Pyramidendächern (Das Kalenderblatt. Von Gizeh zu Boden gefallen. Ineinander verkrallt du, Gucia, und dein Schattenmann die. Zerstörte: Ruhe nach dem Schuss) gedeckten Wachtürmen sehen wir: Rasen den weichen grünen Streifen vor dem Laufgraben auf den sie Gefangene lockten um sie erschießen zu können auf der Flucht in den Löwenzahn der hier blüht ich laufe schon, Robert, ich laufe dir nach

so leicht so unbeschwert ich will dich einholen um dir zu sagen dass ich in der letzten stadt war und die toten in einem riesigen aquarium erblickte aber auch die fluten der neu geborenen in den museen und

diese Menschen hier, Robert, die um so spürbarer

werden, je stärker die Farben leuchten, die in das helle Blau des Himmels, das Grün des Rasenstreifens, das Flammengitter der Pappeläste gezeichnet sind wie die stärksten vorstellbaren Gedanken, diese hier, Robert, sind nicht im Tod verloren wie in einem Loch: ich sah sie schon in der Stadt meiner Ankunft, sie retteten mich aus einem Zimmer mit kämpfenden Titanen, in das ich kopfüber tauchte, ich traf sie in einem eisblauen Ozean, vor dem sie mich bewahrten als meine eigentliche riesige: Familie, ich kann dir von einem letzten Kongress erzählen, Robert, der hineinführt in den Großen Hör- und Sehsaal, doch nur um überzugehen in das herrliche Stadion der Heilungen und des bedingungslosen Wiedererstehens all dieser und aller Gestalten, Robert, ich

: 2

bin wieder so:

klein geworden und – jetzt wo du den ausgang erreicht hast sehe ich im heller und heller werdenden licht als kläre sich die vergangene zeit wie ein nebel dass auch du wieder so jung bist wie an jenem sommertag an dem wir den mann in unserem garten trafen an dem wir die beiden fische angelten die vielleicht brüder waren wie wir (ein zander, ein kaulbarsch: keine täuschungen mehr) die ganze nacht vergessen mit offenen mäulern in der spüle der seziertischmetallschüssel des dr. x. du trägst die kurze blaue hose und das gestreifte hemd dieses sommertages, Robert, und bald werde ich dich eingeholt haben und jedes wort verstehen wenn du etwas sagst ich brauche dir ja auch gar nichts von der letzten stadt ihren wiesen bars museen kongressen und jenem stadion zu berichten denn das alles hast du schon längst durchschritten so leicht wie du jetzt über die kleine brücke gehst hinter der sich eine mauer öffnet um zwischen tannen birken blühendem ginster den blick freizugeben auf ein ziegelsteingebäude mit hoch aufragendem schornstein in der mitte des daches ich kenne: das krematorium, Robert, viele jahre nach deinem besuch war ich zum ersten mal an diesem ort und stand vor den öfen den eisernen bahren dem Braufebad es liegt ein schatten in der luft wie ein ring aus asche im freundlichsten tageslicht es ist ein sonniger tag und jetzt wo du mich kurz und auffordernd ansiehst, Robert, wie immer wenn du willst dass ich dir hinterherlaufe ist mein alter und jeder verdruss und jede müdigkeit von mir gefallen wir: laufen, Robert, wir laufen auf unseren jungenbeinen wild ausdauernd nicht aufzuhalten lachend aus der lagerzone heraus über die felder und ich kann dir im laufen nachrufen wie ich dir früher einen scherz hinterherrief

dass ich. Eigentlich aber auch in. Einem Haus an einer weit: entfernten Küste knie und. Immerhin so viel: studierte um dir genau. Beschreiben zu können welchen Weg die: Kugel nehmen musste bevor sie aus meinem Schädel. Wieder hinaustreten und in die. Fußbodenbretter des elfenbeinfarbenen Hauses. Schlagen konnte: ich studierte ich zeugte ein. Eigenes

kind, Robert, hörst du mich jetzt? meinen sohn Konstantin der etwas geworden ist wir lachen im dahinrennen und alles das ist ja auch zum lachen und jubeln weil es nun unweigerlich verschwinden wird sobald die zeit über uns zusammenschlägt es ist so hell, Robert, so mild ich habe nicht nachgeforscht ich bin immer nur weggelaufen ich hätte das vakuum über dem lager mit der energie und verzweiflung meines suchens füllen müssen wie du und mehr nämlich: mit tabellen bildern resultaten einer umfassenden und unbestechlich präzisen recherche: und hätte dann genau und vielleicht genauer als du gewusst: was dr. x. angerichtet hat und wohin seine akten die erinnerungen der zeugen die schreie der opfer

verschwunden sind. Robert, ich muss dir aber. Sagen

dass ich in diesem leuchten der gräser der Blumen. Der Erde unter unseren: springenden Füßen das haus sehe in dem. Ich eine Unschuldige zu. Meiner: Mörderin machte indem ich. Auf ihren Finger. Drückte was

ich nicht wissen mochte, Robert: das ist in mir ein abgrund geworden der mich verschlungen hat in mehr als dreißig jahren unerbittlich bei lebendigem leib wie

der kelch einer inneren fleischfressenden pflanze wie
dein krebs, Gucia, erst heute kann ich verstehen weshalb mir das haus am waldrand die Rauch-firma der
club und endlich auch du, Angelika, die einmal alles
verstand und mich seufzend und lachend mit ihrem
löwenmäulchen umfing aus dem Konstantin gepresst
wurde als meine letzte vergebliche törichte hoffung:
nichts geholfen haben aber nun ist es:

in einem Blut. Schaum leicht geworden. Wie der
Blick zur. Küste, Angelika, einmal. Liebte ich dich
und

: 1

es gibt nun so viele. nebenbilder wie das flackern des
sommerlichts durch die stämme eines waldes durch
den kinder auf ihren fahrrädern dahin. rollen lauf,
Robert, es ist der schönste lauf meines lebens über die
felder zur stadt hin und höher es braucht bald nichts
mehr gesagt zu werden nichts mehr erklärt es ist wie
schon einmal im mai als sie auf den wachtürmen tanz-
ten es ist der große lauf über das moos zur stadt hinauf durch das zeit: licht durch die zerreißenden fo-
lien der erinnerung durch den schussbahntunnel in
meinem endlich überflüssigen schädel ich
laufe auf meinen jungenbeinen hinter dir her lange
und weit durch die von so vielen malern erleuchteten

felder bäume über die wege durch moderne vororte und straßen die du so nie gesehen haben kannst, Robert, so wenig wie diesen renovierten bahnhof und die modernen autos und motorräder in der zeitsphäre meines letzten besuchs gleich zu beginn des dritten jahrtausends aber unsere körper sind jetzt glücklich zurück gefallen in den abgrund der stunden und laufen auf der brücke über die amper zu füßen des schlossbergs im grün flackernden licht der zerbrechenden zeit vorüber am festplatz des volkes an einem plakat das die große frühjahrsausstellung ankündigt die gewiss schon uns beide beinhaltet die in den käfigen der vergangenheit zappelnden missgebürtigen waisen des dr. x. durch das. Spalier junger: Bäume erkennen wir. Schon die. Hoch gelegenen häuser der altstadt tausende, Robert, tausende. laufen mit uns in ihrer. Form aus: flackernden schemen im streifenlicht wie hinter geschlossenen lidern schatten im geöffneten schädel blitzt etwas ich kann sie spüren als seien: Film. Gestalten um uns. Her und: liefen mit uns empor über die schöne weite dreimal ausholende treppe unter blühenden zweigen hinauf durch die gelassen ansteigende hauptstraße zum. kleinen ruhigen Platz vor der gemälde. galerie malt meinen kopf: Zimmer frei: unter den bäumen so viel tische für uns werden sie nicht haben, Robert, erzählte ich dir von dem dunklen mann den ich einen freund nannte? in den verschwiegenen städten die ich entlang der: Schussbahn. Besuchte war er mir. so. Nah wie: unter der haut, Robert, und. Jetzt ist er eins geworden mit allem was ich sehe und sich bewegt oder als schatten auf den schatten liegt, Robert, ich kann dir in der luft: durch die wir laufen das Meer. Zeigen eine Steilküste voller. Blumen und Büsche hierher fuhr ich: vor einem kurzen. Tag und jenseits dieses kleinen Friedhofs und des überwachsenen Pfades betrittst du ein. Elfenbeinfarbenes kleines Haus Fast eine. hütte und kaum hast du die blaue hölzerne tür aufgestoßen schon tritt dein Fuß auf ein blut. Beflecktes: Kalenderblatt die Pyramiden von … es gibt, denke ich, noch einen zweiten Schuss

Gucia, aber der kann mich nicht treffen, denn er kam aus dem verworrenen und fürchterlich zuckenden knäul das du mit deinem eigenen schatten gebildet hast es ist kein freund sondern dein bester feind wie diese unter der haut operierende gestalt meiner reise durch das blutige tunell in meinem Gehirn dein schuss, Gucia, ich

Höre. Ihn hier vor der Kirche. Widerhallen von der. Seitenwand. Als bliese ihn: der aufgemalte Todesengel der Sonnenuhr über die zwölf Tierkreiszeichen: aller Geburten die beiden Fische. Des März, Robert, sind wir aber unser lauf wird noch nicht hier zu Ende gehen wir kommen noch hinauf bis zum

Schloss

mit rasendem und doch unermüdlichem. Herzen,

Robert: die ungeheure energie unserer muskeln und bänder ist auch in all denen die uns begleiten die mit uns heraufgestürmt sind ein tausendfaches triumphales freudiges emporstreben: manche. scheinen schon: in der Luft zu. Sein. Laufen dicht über der erde vor uns. vorüber. An der weiß gelben Fassade ist nur noch ein letzter: dunkler Streifen. dort im Durchgang zum Garten: dies ist das Bild deines Schattens, Gucia, der es nicht glauben konnte dass du den Revolver auf ihn richten würdest ihn dir zu entwinden versuchte und damit Erfolg gehabt haben muss nun zielt er auf uns alle die wir im Lauf dieses Bild zerteilen wie eine schillernde Membran im Seifenblasenring des Portals und hasserfüllt löst er den dritten Schuss in diesem Haus am Meer, aber der

zweite traf dich, Gucia, sonst wärst du nicht. Im Garten als schon. Vollkommen: beruhigte sanfte. Gestalt am Ende von neununddreißig sekunden am ende: eines wegs zwischen flamingofarbenen baumblüten und wiesenblumen weißen kleeblüten narzissen wie phospor glühend blutrote stiefmütterchen nelken wie schmerzblitze hinter den augenlidern tulpen in der farbe von großen feuern am horizont und himmelsschlüssel, Robert, schneestolz krokusse ich lernte viele pflanzen arten wir ärzte ohne boden. berührung schweben im Lauf wie schön sind hier oben. im milden licht ausgeschüttete. Totenkammern des dr. x. Ascheblüten wehen hinauf ich. Kann glaube ich. Mit den Füßen wie du, Robert, die Wiese nicht. Mehr berühren das. Schloss wird bald unter: uns liegen der Garten ist so nachgiebig weich und federnd. Ist unser: Wiesen. Sprungbrett, Robert, Gucia, seht doch wie: die hunderte und tausende so perfekt. zu Einem Laubengang gebogenen Linden. Die sich: Zum Schloss hin. Strecken wie ausgehungerte Verkrüppelte die ihre: fäuste. Schütteln aber. Sie heben sich nun: empor. sie wissen. Dass es. an der Zeit ist ärzte für die. Toten zu. finden, Robert, mein Kopf ist. Nicht mehr, ohne Flügel heben wir. uns hinauf mein Freund tod denn: es ist. Frühling.